# 今はまだ「幼馴《おさなな》
# 妹」ですけど。

涼暮皐
KOH SUZUKURE

イラスト＝あやみ
ILLUSTRATION:AYAMY

せんぱい、
ひとつお願いが
あります

『おはようございます、伊織くんせんぱい。
かわいい後輩がお迎えに上がりましたよ！』
機械越しに聞こえた華やぐ声と、カメラを覗き込む花のような笑顔。
慌てて僕が玄関に出ると、そこで待ち構えていた少女は、
同じ台詞をもう一度言った。

おはようなんとか。
かわいい後輩が云々。お迎えにどうたら。
用意してきました感の溢れる台詞に、
僕が思わず現実逃避をかましてしまったとしても
無理からぬことだろう。
やっとのことで、ようやく「なぜ」とだけ訊けたわけだ。
『えー、嫌ですねえ、わかってるくせにー！
それともー、わたしの口から聞かないと、
安心できないってことですか？
伊織くん……せんぱいったら、結構かわいいです』
あざといにも限度がある。いずれ法規制されるべきあざとさだった。
「まぁまぁでもぉー、そうやって言葉にして
確かめたいって気持ちは大切ですよねー！」
後輩の少女——双原灯火は薄く脱色した茶髪を揺らし、
満面の笑みを僕に見せる。

カラオケアイドル
灯火ちゃん

「それより、せっかくのデートだ。
何か記念が欲しいとは思わないかな、灯火さん」
小織が空気を変えてくれた。
「せっかくだ。記念写真の一枚くらい、私が撮らせてもらうよ」
「ああ！　それは素敵ですねっ！
ささ、いっしょに撮りましょうよ、せんぱい！」
「……それくらいならな」
これも対価だ。小織の表現を借りるならば。
こんな人目につく場所で、恥ずかしいったらないのだが、
それで灯火が満足するなら、甘んじて受けるのが僕の役割だろう。
「それじゃ、ふたりとも笑って――
もとい灯火ちゃんは笑って。
伊織先輩は、せめて笑う努力だけはして？」
灯火のスマホを借りた小織の、
冗談めかした言葉。それに灯火も笑みを見せた。

「諦められてますよ、伊織くんせんぱい。

顔の筋肉死んでるから」

「……いいから、早くしてくれ……

通る人がこっち見てんじゃねえかよ」

「そんな人並みの羞恥心があるみたいなこと、
伊織くんせんぱいも言うんですね」

「いくら僕でも言われて怒ることがないわけじゃないぞ」

「——はい、チーズ」

ぱしゃり——撮影されたその写真は。

僕も灯火もカメラのほうをまったく見ていない、
妙な構図の一枚になった。

けれど、灯火は笑っていた。

「伊織くんせんぱいのLINEにも送っときましたからねー。

待ち受けにどうですか！」

「断る」

# CONTENTS

IMA HA MADA
"OSANANAJIMI NO IMOUTO"
DESUKEDO.


プロローグ
「自称・小悪魔系後輩少女と、他称・氷点下男」 011

第一章
「星の涙が降り注ぐ街」 024

第二章
「後輩のいる日常」 054

第三章
「取り返しのつかない過去」 117

幕間
「双原流希」 184

第四章
「双原灯火」 188

第五章
「逆さ流れ星の丘」 226

エピローグ 286

# 今はまだ「幼馴染の妹」ですけど。
## せんぱい、ひとつお願いがあります

涼暮 皐

MF文庫J

口絵・本文イラスト●あやみ

# プロローグ『自称・小悪魔系後輩少女と、他称・氷点下男』

「おはようございます、伊織《いおり》くんせんぱい。かわいい後輩がお迎えに上がりましたよ！」

六月二十五日、火曜日。早朝。

玄関先を揺らしたその声で、僕は完全に閉口した。

「どうですか。嬉《うれ》しいですか、嬉しいですよね？　喜んでくださいね、このこのー☆」

制服を着た少女――の形をした幻覚妄想（であってほしい）が、明るすぎる笑顔を僕に見せる。朝も早くからこの勢いでは、思わず健康を損ねかねない。主に精神の。

「……なぜ、ここにいる？」

そんな問いが、気づけば口から零《こぼ》れていた。

何も哲学や禅問答の類いではない。インターフォンの音で叩《たた》き起こされた僕は、突然の来客を迎えるために、こうして寝惚《ねぼ》け眼《まなこ》を擦《こす》りながらカメラを確認した。これが一分前。

どちら様ですかと誰何《すいか》する僕に、返ってきた声が次の通りで。

『あ、伊織くん……、せんぱい、ですか？　わたしのこと、わかります？』

「は？　……双原《ふたはら》、灯火《とうか》？　なんでお前、ここに、」

一瞬で目が覚めた。直後、ほっとしたような吐息の音がして、それから。

『おはようございます、伊織くんせんぱい。かわいい後輩がお迎えに上がりましたよ！』

機械越しに聞こえた華やぐ声と、カメラを覗《のぞ》き込《こ》む花のような笑顔。

慌てて僕が玄関に出ると、そこで待ち構えていた少女は、同じ台詞《せりふ》をもう一度言った。

おはようなんとか。かわいい後輩が云々《うんぬん》。お迎えにどうたら。

用意してきました感の溢《あふ》れる台詞に、僕が思わず現実逃避をかましてしまったとしても無理からぬことだろう。やっとのことで、ようやく「なぜ」とだけ訊《き》けたわけだ。

「えー、嫌ですねえ、わかってるくせにー！　それともー、わたしの口から聞かないと、安心できないってことですか？　伊織《いおり》くん……せんぱいったら、結構かわいいです」

あざといにも限度がある。いずれ法規制されるべきあざとさだった。

「まぁまぁでもぉー、そうやって言葉にして確かめたいって気持ちは大切ですよねー！」

後輩の少女——双原灯火《ふたはらとうか》は薄く脱色した茶髪を揺らし、満面の笑みを僕に見せる。

小柄で華奢《きゃしゃ》な体躯《たいく》。そのどこにこれほどのエネルギーを秘めているのだろう。こちらを見上げるような体勢で舌を出し、片目を閉じて横ピースを決めている。

制服姿。見慣れているのは同じ高校に通っているのが理由で、ただ灯火の場合、上着の下にも何か着込んでいるのだろう、薄い灰色のフードが見えた。そこがまたあざとい。

見た目だけなら実に愛らしいというのに、なぜかイラっとくるのはそれが理由か。

「それって伊織くんせんぱいも、大事な気持ちはきちんと言葉にしてくれるタイプだってことですもんね！　そこは好感度高いですよっ。愛の囁《ささや》きは、一日三度が基本です！」

「……なんなんだお前は？　何が目的でここに来た？」

ひとつ目の疑問には答えがなく、絞り出したふたつ目の問いがそれだった。

さすがに、この問いには早朝の闖入者《ちんにゅうしゃ》も気を悪くしたらしい。むすっとあざとい表情で唇を尖《とが》らせると、上目遣いにこちらを睨《にら》んでくる。

一瞬。問いから間があって、それから。

「なぁんですかそれー！　昨日会ったばっかりじゃないですかー！　あなたのかわいい小悪魔系美少女後輩、双原灯火ちゃんですよっ！　まさかお忘れではないでしょう？」

もはや頭が痛い。小悪魔などと自称する人間にロクなのがいないのは世界の真理だ。

「そんなことはわかってる。僕が訊きたいのはそういうことじゃない」

「へえ……わかってるんですかー。ふーん……」

「昨日会ったばっかりの奴《やつ》が、なんで今日、朝から当たり前みたいに僕の家まで来てるのか。僕が訊いてんのはそういうことだよ。いや、本当に何しに来たわけ……？」

ようやくまともに舌が回り出す。

けれどその回転数は、灯火にまったく追いつけていない。

「それもさっきから言ってますよぉ。伊織くんせんぱいをお迎えに来たんです。学校までいっしょに行きましょうっていうムーヴですよ！　どうですか、かわいくないですか？」

「──」

「あ、でもでも、手を繋《つな》ぐのはまだちょっと早いかなー、って。わたし的にはもちろん大歓迎なんですけどね。ほら、やっぱりみんなに教えるかどうかってあるじゃないですか。こう、誰も知らない秘密のカンケイ♪　ってのも悪くないなー、って。きゃっ☆」

「……この世の終わりかよ」

僕は顔を覆った。朝からこんな予想外の展開は、どうにもカロリーが高すぎる。

「いくらなんでも反応が酷《ひど》くないですかね……もうちょっと喜ぶところでは？　こんなに素直な女の子に慕われて、まさか一ミリも嬉《うれ》しくないんですかっ⁉」

不服そうに頬《ほお》を膨らませる後輩の少女。

双原灯火《ふたはらとうか》のことは、まあ知り合いと呼んでいいだろう。昨日、出会ったのも事実だ。だが、それは昨日がほとんど初対面みたいなものという意味である。ここまで親しげにされる理由など、普通に考えれば存在しない。

いや。厳密に言えば確かにもともと知り合いではあった。

双原灯火は、僕が小学生の頃に親しかった幼馴染みの妹なのだ。幼馴染《おさなな》み《じ》当人ではなくひとつ下の妹のほうである、というのがミソだろう。

つまり、家まで迎えにきてくれる年下の彼女などではないということだ。

こうして顔を合わせるのも、五年振りかそれ以上である。

問一。では彼女は昨日、僕にひと目惚《ぼ》れ《め》して、アプローチをかけてきているのか？

答えは否《いな》。

灯火にはなんらかの思惑があり、だから僕に接近してきた。そう考えるのが自然だった。

「……それは、昨日の意趣返しのつもりか？」

だから僕はそう訊《たず》ねる。

昨夜、久々に再会した僕と灯火は、あまり面白くない話をした。好かれるどころか逆に嫌われているくらいが当然で、彼女の思惑もその辺りにあると僕は見ている。

「うーん……そうですね。昨日の伊織《いおり》くんせんぱいは、確かに酷かったですからね。久し振りに運命の再会を果たした、かわいい幼馴染みの妹に対する態度ではなかったですよ」

問いに、灯火は頷《うなず》いて言った。

やはり昨日の再会が、お気に召したわけではなさそうだ。

「あんなに運命的な再会だったのに。伊織くんせんぱいってば捨《す》て台詞《ぜりふ》吐いて逃げちゃうじゃないですか。酷いですよね。わたしはとっても傷つきました！」

「運命的じゃないし逃げてもないし酷くもねえよ」突っ込みは三つ出た。「夜中に出歩く不良娘がいたから、ごく良心的な一市民として忠告してやっただけの話だろ、昨日は」

「そんなことはどうでもいいんですよ、伊織くんせんぱいっ！」

日本語が。あるいは常識が通じていない。

「そんなことって……てか、その変な呼び方なんだよ？　呼ぶなら普通に呼んでくれ」

「そんなこともどうでもいいんです！」

「お前もういっそすげえよな。どうでもいいで全部流す気か？」

「とにかくわたし、伊織《いおり》くんせんぱいに付き纏《まと》うことに決めましたのでっ！」

こんな正々堂々としたストーカー宣言、聞いたことがない。

「あなた、自分が何を言ってるかわかってるの？」

もはや僕の言葉遣いまで変わってしまう始末である。

「訂正、ちょっと間違えました。伊織くんせんぱいと付き合うことにしました、です！」

「だとしてもおかしいから。ほぼ訂正になってない。いっそ悪化してる」

後輩が異様にグイグイ来る。しかも話を聞いてくれない。

わかんねえな。世間じゃ最近、こういうのが流行《はや》ってるわけ？

「まあ、いきなりの後輩お宅訪問にドキドキしてしまうお気持ちはわかりますが」

「いきなりの自宅特定にドキドキしてんだよ僕は。なんで僕の家の場所を知ってんだ？」

「ですがご安心くださいっ！」

「だったら安心できる要素を寄越《よこ》せ」

「今日から伊織くんせんぱいは、か、かわいい小悪魔系後輩と合法的にイチャつけるってわけですよ！　よかったですねえ、おめでとうございます。これは特別ですよっ！」

……客観的に見て。

この現状は、恵まれているものなのだろうか。明け透けに放たれる灯火《とうか》からの好意に、何も感じないといえばさすがに嘘《うそ》だ。嘘の態度で受ける感情は、嘘ではないのだから。

僕は、それを決して表に出さないけれど。

「……まあいいや」

がしがしと頭を掻《か》いた。実はまだ、顔も洗えていないのだ。

僕にだって一応、起き抜けの様を後輩に見られることへの羞恥心くらいはある。

「とりあえず上がれよ。玄関先で話し続けるのも、ご近所さんに迷惑だろ。悪いけど僕はまだ何も準備できてないから、終わるまでは――」

「あがっ!?」

「……え、何その奇声？　急に……？」

当たり前の提案をしたつもりだったが、灯火からは妙なリアクション。

僕は思わず目を細める。

灯火は僕を見て、それからまるで救いを求めるみたいに、あちこち視線を彷徨《さまよ》わせた。

「へぁ……あの、えと……い、いいんですか、入って？」

てっきりノリノリで乗り込んでくるものと思っていた僕にとって、これはかなり予想を外れたリアクションだった。

「いや、さすがに表で待たせとくわけいかんだろ。僕、まだ起きたばっかだし」

「あ、で、ですか……。えと、そ、それじゃあ、お邪魔しますね……？」

「ん……？」

妙に灯火《とうか》の歯切れが悪い。さきほどまでとは急に別人のようだ。

「……ま、いいか。適当にその辺で待ってろ。悪いが構ってはやれんからな」

僕は首を傾《かし》げながらも、先に玄関を上がっていく。

だが後ろの灯火はなぜか靴を脱ごうとせず、何やらもじもじ躊躇《ためら》っている様子で。

「おい、どうした？　急に静かになられても逆に怖い」

「あ、や……ええと。あはは……」

訊《たず》ねると、灯火は苦笑いを零《こぼ》して頬《ほお》を掻《か》く。ますます解せない。

そのまま見つめていると、その視線に気づいた灯火がはっと顔を上げ。

「な、なんですか。入りましたけど、ちゃんと!?」

確かに扉の内側には入っている。

が、そこで止まられてもだ。リビングとかで座って待っていてほしかった。

「……おい」

「わんっ!?」

声をかけようとすれば、驚いたように体をビクッとさせて、灯火は変なポーズを取る。

両手を顔の横まで上げた姿で硬直しているのだ。開いた両手がこちらに見えていた。

……いや、意味がわからないが……。

まっすぐ灯火《とうか》を見つめる僕。灯火はその視線から逃げるように、ぼそり。

「……えと。ち、ちがうんです、よ……？」

「何が？　……何してんの？」

「これは……これはそう、そうです。言うなれば野生のくまさんのポーズ」

「野生のくまさんのポーズ」

「……が、がおー。……とか言ってみたりしてー……」

「――――」

「うわあ何コイツ的な視線が容赦なく突き刺《さ》さるぅー（↗）」

確かに、野生のクマが威嚇するときのそれに似ているかもしれないが。

そうじゃない。そこじゃない。それが何かではなく、なぜポーズを取ったのかだ。

「違うんです」

僕が再び何かを訊《き》く前に、灯火のほうが言った。

僕は一度頷《うなず》いて、灯火の言い訳を待つ。

「そ、そのですね？　あのほら、よくあるじゃないですか。玄関に。クマの剥製《はくせい》とか」

「よくある、というほどはないと思うが……」

「お金持ちの家とかには」

「……まあ、イメージだけを言うなら」

「あるいは木彫りのクマとか」

「ウチにはないけどな」

「そういうことです」

「どういうことです？」

「玄関と言えばすなわちクマさんだということです」

「過程を飛ばして結論までワープするなよ……」

なおこの間も、灯火は荒ぶるクマのポーズを続けている。

アクマからクマにジョブチェンジしたいなら好きにしてくれていいけど……いや。

まさか。

「これはですね、そう。こうしてお邪魔になる以上、なんでしょう。伊織《いおり》くんせんぱいのお家《うち》の玄関に少しでも華を添えようという、後輩からの気遣いと言いますか——」

「灯火」

「あ、はい」

「まさかとは思うけど。もしかして、僕の家に入るのに緊張してるのか？」

灯火は。その問いには何も答えることがなかった。

ただゆっくりと、開いたクマの手が、灯火の表情を隠すように顔の正面まで移動する。

なお耳が赤くなっているところはバッチリ見えていた。

「……マジか、お前」

「し、仕方ないじゃないですかあっ!!」

思わず僕がそう呟《つぶや》くと、灯火《とうか》は荒ぶるクマのポーズを解いて、勢いよく叫んだ。

「しますよ！　いや、普通しますよ！　緊張して当然じゃないですか!?　むしろどうしてせんぱいは、そんな当たり前みたいに上げようとしてんですか！　意外に遊び人系!?」

そこまで言われるほどのことだろうか。

「お前、自称《小悪魔系》とやらじゃなかったっけ？　いきなり初心《うぶ》になったけど？」

「じじじ自称じゃないんですけどー！　いや自称もしましたけど事実なんですけどー！」

小悪魔どころか小熊にすら見えない。

なんなら仔犬《こいぬ》だ。まあ、こっちのほうがかわいらしいとは思うが。

「べ、別に伊織《いおり》くんせんぱいの家に入るくらい余裕ですし。超余裕なんですけど。まさに朝飯前ってヤツですよ。じゃあ失礼しますねー！　あーわたし喉渇いちゃったなあー！」

ついにバレバレの余裕を演じ始めやがった。

それ小悪魔キャラじゃなくない？　灯火は本当にそれでいいの？　いいならいいけど。

「……顔洗ってくる」

僕は呆《あき》れてそう呟き、踵《きびす》を返す。背後の灯火は再び焦った様子で、

「うえ!?　ちょ、ちょっと待ってくださ……っ、ええっ、わたしはどうすれば!?　あの、やっぱりご両親にご挨拶とか……あの、ねえ、ほ、ほんとに行っちゃうんですかあ!?」

だいたいわかった。灯火は単に小悪魔ぶっているだけで、かなり無理をしているのだと。

だから、考えるべきはその理由である。

僕に接触した目的は何か。それも実のところ、おおよそ想像はついているのだ。

――灯火はきっと、奇跡の力で自分の願いを叶えようとしている。

ならば、それを阻止するのが僕の役割である。

僕と、灯火は、敵同士。奇跡などこの世に存在しないと、僕は言い張るべきだった。

どうすれば彼女の思惑を止められるのか。

僕が考えるべきことはその一点。

そのためにもまずは昨日、灯火と再会したときのことから思い返してみよう――。

# 第一章『星の涙が降り注ぐ街』

## 0

七年前の七月七日、七つの流れ星が七河《ななかわ》公園の丘へと降り注いだ――。

そいつは、星が流した涙。星々はいつだって、遥《はる》か銀河の彼方《かなた》からこの地球上を覗《のぞ》いていて、そこで繰り広げられる悲劇に哀《かな》しみの涙を流している。流れ星はその結晶だ。

そのためだろう。地上に落ちた《星の涙》には、不思議な力が秘められている。

なにせ、そいつは願いを叶《かな》える魔法の石。

世界には悲劇が溢《あふ》れていて、大抵のことは取り返しがつかない。星々がそれを憂えて、どうしてだろう、どうしてだろうと、涙を流すのも無理からぬこと。

だからこそ《星の涙》は奇跡を起こす。

過ぎてしまった失敗を。取り返しのつかない過ちを。もうとっくに失われた、いちばん大切な何かを――取り戻す手助けをしてくれる。あり得ざる奇跡をもたらしてくれる。

この石の力を使えばきっと、君の手には、なくしてしまった《いちばん大事なもの》が戻ってくる。取り戻せない過去を取り戻してくれる、この地上にただひとつの奇跡。

けれど、忘れてはならないことが、ひとつある。

代償のない奇跡はない。どんな奇跡だって無償じゃない。この世界に、ただ与えられるだけの救いなんて、どこを探しても存在しない。

それでも君が、いちばん大事な何かを取り戻したいと願うのならば。

——そのとき君は、きっと二番目に大切な何かを、代わりに失うことになる。

だけど、それはやっぱり奇跡なのだ。

最も大切な唯一のためなら、それ以外を犠牲にしても構わない。そうだろう？

それすら本来は望めない交換、叶わない願いなのだから。文句のあるはずがない。縋《すが》る奇跡があるだけ幸運。これくらいは、まあ当然の対価って話だろう。

だから。もしも君に、現在を犠牲にしてでも、取り戻したい過去があるのなら。

そのときは、奇跡の石を使うといい。


この街に伝わる、《星の涙》という都市伝説さ。

1

なにせ《流宮《ながれみや》の氷点下男》と言ったら、評判最悪のクズ野郎である。

曰《いわ》く、冷酷《れいこく》で冷血、人の心がない、感情というものが壊死《えし》している——エトセトラ。

噂《うわさ》では、彼は感情が氷点下なのだという。

凍りついていて。動かない。心が完全に停止しており、人の気持ちがわからない。

だからいつも他人に心ない言葉ばかり告げ、どんな恩を受けても返さず、親しい友人の名前さえ覚えていない、というより他人を友人だと思ったことがない。

まあ要は、ものすっごく酷《ひど》い奴《やつ》であるらしく。

そして名前を——どうやら冬月《ふゆつき》伊織《いおり》というらしかった。

「一説には人間じゃないとまで言われてるらしい。流宮《ながれみや》高校七不思議のひとつだな」

呵々《かか》と笑うように告げられた言葉に、どう反応していいのかわからなかった。

だから結局、いつもの通りに、僕は皮肉を応酬する。

「よかったじゃないか、遠野《とおの》。その七不思議と今、目の前で会話ができてるぞ」

「ふむ。それについてだが、冬月。俺はひとついいことを学んだよ」

「聞くだけ聞こう」

「いや何、不思議とされてるものなんて、実際に目にするもんじゃないなっつー教訓だ」

「遠野にしては含蓄を感じる言い回しだな。で、その心は?」

「そりゃ決まってる。実は大したことがないって、つまんねえ現実に直面するからだ」

「…………」

「おっと、さすがは《氷点下の男》。ゾクッとくる目だ」

ご大層な二つ名を頂き何よりでございます——とか言うべきだろうか。まあいいや。

六月二十四日、月曜日。放課後の教室に僕はいた。

異性とふたりきりならロマンもあれど、クラスメイトの男に「またお前の悪評を聞いたぞ」なんて報告されている状況は、いささか以上に健全じゃない。

というか、いわゆる陰口に相当するものを、噂されている当人に嬉々《きき》として持ってくる遠野駆《かける》という男が、そもそも不健全の塊みたいな奴だった。

僕が気にしていないから、というのもあるけれど。だからって嬉々とすることはない。

高校生活も二年目に突入して二か月ちょっと。

一年目から全力で最悪の評判だった僕と、それでも会話くらいはしてくれる稀少《きしょう》な友人であることを思うなら、あるいは感謝のひとつくらいするべきなのかもしれないが。

なにせ氷点下男なんて二つ名を頂戴してしまう僕だ。漫画の登場人物みたいで悪くない気分だよ、と諧謔《かいぎゃく》を飛ばすことはあれ、今さらありがとうもなかった。

「で、遠野。今日はまたなんで残ってるんだ？」

一階の教室にいる僕に対し、遠野がいるのは窓の外側——裏庭だ。

染めた茶髪の高身長というチャラい容貌。遊び歩きたいがゆえの帰宅部。そんな遠野という男が、放課後になってまで学校に残っているのは稀有《けう》な事態だ。

「というか、なんで裏庭だ？　隠れて煙草《たばこ》を吸うってタイプでもないだろ、お前は」

「それも悪くないが」絶対に思っていないことを言うときこそ、遠野駆《とおのかける》は笑う。「今日はちょいと野暮用《やぼよう》があってな。それが終わったら、教室にお前が見えたんで声かけたのさ」

「表現は正確にしとけ。僕がいたからじゃなくて、僕しかいなかったから、だろ?」

遠野はそういう男だった。

僕は評判が悪い。男子はともかく、特に女子からは蛇蝎《だかつ》の如《ごと》く嫌われている。

そんな僕と仲がいいなんて、間違っても言われたくないだろう。遠野は僕を無駄に厭《いと》うことこそないが、だからって無駄に庇《かば》ったりもしない。いつも適切な距離を保っている。友達甲斐《ともだちがい》のない男はからからと笑って。

「なんだよ、寂しいのか?」

「……いい挑発だな。かなりイラっときた」

そう答える僕に、遠野は愉快そうに肩を竦《すく》めた。

結局、この程度がお互いに適切な距離感なのだと思う。下手に踏み込まず、普段は僕を無視してくれる。僕にとっても遠野にとっても、それでちょうどいい。

「いや。実はさっきまで、ちょいと後輩の女の子と密会してたもんでな」

「それで裏庭にいるわけか。確かに、この教室の窓側は普段、通らないからな……」

「かなりかわいかったぜ、マナツちゃん。一年の中じゃトップ級だろうな」

「訊《き》いてないいんだよなあ別に……」

遠野の顔と態度に騙《だま》された憐《あわ》れな下級生が、特攻でもしてしまったって感じか。かわいそうな話だ。マナツちゃんとやらを思うと、僕も同情してしまう。

「あんまり幼気《いたいけ》な一年生を騙してやんなよ。これで何人目だ？」

「人聞きの悪いこと言いやがる。まだたった三人だよ。一年だけならな」

「だとしたら悪いのは人聞きじゃなくてお前自身だっつの。あんま派手なことすんなよ」

「へえ、どうして。氷点下男さんも後輩のことは心配だってか？」

「いや巻き込まれたら面倒臭いし」

「なるほど。そりゃ最高だぜ、マイフレンド」

実際は、そんなことにはならないだろうが。遠野が普段、どこで誰と何をしているのかなんて僕は知らない。興味もない。遠野だって、それを僕に言う気はないだろう。

……いったい僕はなぜこいつと友人なのだろうか。ときどき本気でわからなくなる。

「おっ」

そのときだ。遠野が何かに気づいたような声を上げた。

直後、がらりという音が響く。ひと気のない教室に誰かが来たようだ。

窓から扉のほうを振り返った僕の視界に、ひとりの女子生徒の姿が映った。……ああ。

「──なんで冬月《ふゆつき》がいるわけ？」

僕の姿を認めるなり、彼女は実に憎々しげな声音でそう言った。

一瞬だけ、僕は窓側に視線を戻す。

「……この野郎」

小さく、そんな声が零《こぼ》れたのも仕方ない。

遠野《とおの》はしゃがみ込み、窓の陰に姿を隠していた。もうそのままどっか行けよ。

僕は諦めて視線を扉側に戻す。それから言葉を探して。

「あー……よう、与那城《よなしろ》。部活は終わりか？」

返答は、だいたい予想通り。

「は？　なんであんたにそんなこと訊《き》かれなくちゃいけないわけ？」

敵意を隠そうともしない棘《とげ》のある言葉。

本人には言えないが、正直ここまで露骨だと逆に安心する。

「邪魔なようなら出ていくけど」

一応、言った。彼女──与那城玲夏《れいか》は、僕の声を聞くのも不快だと顔を歪《ゆが》め。

「っ──先にいたの、あんたのほうでしょ。何それ」

心の底から嫌そうな表情。

僕のことが本気で嫌いなくせに、やけに公平だから不器用な奴《やつ》だ。いっそキモい出てけ消えろむしろ死ね──くらい言ってくれても構わないのに。

「待ち合わせしてるだけだから。別に廊下で待ってればいいし。あんたは勝手にして」

言うなり踵《きびす》を返し、教室を出ていこうとする与那城。

止めたところで聞きそうもないが、追い出す気はないのだ。引《ひ》き留《と》めてみる。

「あー……別に教室の中で待ってても、」

「ふざけないで」

一刀両断。与那城は僕から顔を背けて、小さな声でこう続けた。

「あんたと……今の冬月《ふゆつき》と陽星《ひせ》に、顔合わせてほしくない。そのくらい察して」

「……待ち合わせ、陽星とか」

「死ね」

ばたん！という大きな音が響く。勢いよく扉を閉めすぎだろう。

与那城の足音が、そのまま教室から離れていくのが聞こえた。廊下で待っているという選択肢すら却下されたらしい。僕としても、出にくくならずに済んだわけだ。

「……ほんと悪いな、玲夏」

こうして直接、言葉を向けられるのも最近じゃ稀《まれ》だ。

極力絡まないようにはしているのだが、今日は居残っちゃったからな……失敗だった。

「ほんと、どうやったらこんな嫌われんだ？　久々に見たけどまあ怖え怖え」

独り言に反応して、隠れていたチャラ男が顔を覗《のぞ》かせる。逃げていなかったのか。

「昔は仲よかったんだろ？　中学の頃はつるんでたって話じゃん」

「仲がよかった風に見えたのか、今のが？　めちゃくちゃ嫌われてんだろうが」

「玲夏《れいか》じゃねえよ。今のは陽星《ひせ》ちゃんのほうの話」

「………………」

クラスが同じ与那城《よなしろ》は当然、隣のクラスの陽星のことも遠野《とおの》は知っている。面倒な。

「中学の頃の元カノなんだろ、陽星ちゃん。にしちゃ、お前と喋《しゃべ》ってるとこ見たことねえけど。クラス違うとはいえ極端だよな。あっちとは喧嘩《けんか》してるわけじゃねえんだろ？」

「……元カノじゃねえよ、そもそも」

そんな事実はない。確かに中学の頃は与那城とも、久高《くだか》陽星ともいっしょにいた。

だが今はそうではない。それだけの話だ。

「適当なこと言うな。誰から聞いた、そんな話」

「女の子」

張り倒したい、この男。

もちろん、そんなことはしないけれど。氷点下の男は感情を表に出さない。

「さっさと帰ったらどうだ、遠野。どうせ大した興味もねえだろ」

「レミちゃんとの待ち合わせは七時なのー」

軽薄な表情で遠野は笑う。

これ以上、踏み込んでは来ない奴《やつ》なのがありがたかった。だから僕も話題を変えて。

「誰だよ知らねえよ、マナツちゃんどこ行ったんだよ」

「マナツちゃんとは明日デート。惜しいよなー、でも先約あっちゃな、しゃーねーさ」

からから笑う遠野だった。そのうち馬に蹴られればいい。

「僕はそろそろ帰る。じゃあな」

方針転換。もう少し時間を潰したかったが、また与那城とぶつかる前に逃げ帰ろう。

「で？　結局、お前はなんの用で残ってたんだ？」

と、遠野に問われる。さてはそれが訊《き》きたかったのか。

少し考えてから、僕は答えた。

「……僕がこれからどこに行くのか、興味あんのか、遠野」

「待ち合わせの相手が女の子なら、多分にな」

「小織《こおり》だよ」

名前を告げると、遠野は盛大に顔を顰《しか》めてこう言った。

「――それは女子じゃねえ」

2

「まったく酷《ひど》いことを言うよね。これでも女の子なんだけど、私」

「そうだな。本当に遠野《とおの》は酷《ひど》い奴《やつ》だよ」

待ち合わせ場所は、繁華街の中心にあるハブ駅。

より正確には、そのすぐ近くに出店しているアクセサリーの露店の前だ。

僕が着いたときにはすでに、待ち合わせの相手はそこで待っていた。さっそくのように遠野が零《こぼ》していた評価を告げ口した僕に、彼女は目を細めて。

「いや。それをわざわざ私に言う伊織《いおり》先輩も、同じかそれ以上には、酷い」

さっき僕が遠野に言ったことを、今度は僕が言われてしまった。

「なら、それも含めて遠野が悪いな」

「意味がわからないよ」

肩を竦《すく》める少女。一応、後輩ということになる、のだろうか。

生原《はいばら》小織《こおり》と自分との関係を正確に表現するのは難しい。その名前と、年齢がひとつ下ということ以外、彼女について知っていることはほとんどなかった。

気づいたときには、彼女は僕を伊織先輩と呼んでいた。そんな印象がある。

変わり者ではあるが、今となってはそれなりに親しくしている。ときどき会うのだ。

「それはともかくとして、小織。何やってんだ、お前?」

今日ここへ来た理由は単純で、小織に呼び出されたから。

特に予定もない僕は、呼ばれるがままにこの怪しい露店までやって来たのだが、小織がまるで店主のように、広げられた商品の奥側に座っているのは予想外だった。

「いやいや、伊織先輩。露店を広げている人間を見て、何やってるもないだろう？」

薄く笑う小織。いつものことだが、あまり年下と話しているという気分にならない。

クールな性格の奴だ。小織という名前に、色素の薄い白銀めいた髪も相まって、僕より
よほど氷点下という呼称が似合いそうな奴だった。別に冷たい性格ではないのだが。

「そうじゃなくて。なんで小織が露店を広げてるのかって話なんだけど」

この露店の——この場所でよく商《あきな》いをしている人間とは旧知の仲だ。品揃《しなぞろ》えを見ても、
あの男の店だとしか思えない。今日は姿が見えないが、さて。

疑問する僕に、小織はあっさりと答えた。

「まあちょっとしたバイトというか。今日から、お手伝いさんを始めたんだよ」

「お手伝いさん？　あの、胡散臭《うさんくさ》さが服着て歩いてるような奴の店で？」

「別に、ナナさんは悪い人じゃないと思うけどね。まあ、こういうのも経験だろう」

——というわけで！

と、小織は強引に話を切り上げる。露店でバイトとか採算はどうなってんだ？　なんて
突っ込む暇すらない。

「ぜひ伊織先輩も、何か買って行ってくれ。私が役に立つところを見せないとだからね、
手っ取り早く知り合いを呼んでみたんだ。毎度ありがとうございます、ってね？」

「そんな、ノルマを果たすために知り合いにチケットを売るインディーズバンドか小劇場役者のような手を……」

「突っ込みが回りくどいよ。ほら、女の子へのプレゼントだと思って」

「渡す相手とかいないんだけど」

「知ってる。今のは、ここでお金を落とすことが、私へのプレゼントって意味だよ」

なかなかに酷《ひど》いことを言われた挙句、結局ぼくはネックレスを買わされた。革製の紐《ひも》の先に、透明な水晶のような飾りがつけられたシンプルなもの。

――この街の都市伝説を下敷きにしたそれは、《星の涙》のネックレスだった。

「阿漕《あこぎ》な商売だよなあ。こんなもん買ったって願いが叶《かな》うわけねえのに」

空から落ちてきた透き通る石、《星の涙》に願いを託せば、なくしてしまったいちばん大切なものを、二番目に大切なものと引き換えに取り戻すことができる――。

あくまで《取り戻せる》というのがポイントだ。そいつは一度、大切な何かを失った者だけが、初めて祈ることとなのだから。弱みにつけ込んでいると言い換えられる。

「一番人気の売れ筋だよ？　最近じゃ中高生が鞄《かばん》につけていたりするのを見ないかな？」

「そういうところを指して言ったつもりだけど。悪いことは言わんから、ナナさんとは早々に縁を切ったほうがいいぞ。ああいうアンチ社会人は、小織《こおり》の教育にはよくない」

着流し姿で街を歩く、怪しいフーテンのお兄さん――なんて。教育に悪すぎる。

年齢不詳で年中和装という、全身これ不審者と言わんばかりの男だが、なぜだかやけに女子中高生から人気なのがまた腹立たしい。遠野《とおの》のほうがまだ理解できる。やっぱ顔か？

思わず苦言を呈する僕に、くすりと微笑して小織が言った。……カッコいい子だ。

「そのナナさんから、伊織《いおり》先輩に伝言がある」

「伝言？　ナナさんから……？」

「『あいつがきちんと売り上げに貢献したら伝えてやってくれ』とのことだ。それを先に言うのは不義理だから、買うまで黙っていたけれど。ま、おまけがついたと思ってよ」

「…………」

怪しい自由人の見透かしたような言葉に、僕は思わず閉口する。

この微妙な感情を知ってか知らずか、小織は微笑を湛《たた》えたまま静かに。

「——今日は、夜空が綺麗《きれい》に見えるそうだよ。伊織先輩」

3

胡散臭《うさんくさ》い露天商の、空にまつわる言葉は信頼できる。天候や天体に関して、ナナさんが言ったことに間違いはないのだ。ともすれば宇宙人なのかもしれない。

——だから、今夜は丘を登ろうと思った。

この街で星を見るなら、郊外にある《七河公園《ななかわ》》の小高い丘から見上げるのがいちばんいい。だけど、そのことを知っている人間は、あんまり多くないのだと僕は思う。

登るのが少しだけ大変で、夜になるとほとんど人影もない。小学生の頃から足繁《あししげ》く通い詰めていたからこそ、慣れた道のりとして楽に歩ける。

ここには不定期に散歩に来る。それは決まって夜の時間だ。

僕はそれが自分の役割だと信じていた。だから高校二年になった今も、多くは無駄足になる頂上までの道を歩く。

幼き日に汗を流した冒険の旅路も、高校生の僕には散歩道。疲れなくなった代わりに、いっしょに冒険をしてくれる友人もいなくなっている。

頂上に着く頃には、夜の九時を少し回っていた。

大した高さではないが、ちょっとした見晴らし台になっており、街の全景が三六〇度見渡せる。案内板と、いくつかの小さなベンチ、そして円状に広場を囲う侵入防止の柵。

僕は、そのすぐ前で立ち止まった。小学生の頃はまだ鎖に繋《つな》がっていた《柵の向こうに入らないでください》の看板が、今は柵の向こう側に落ちている。

小学生の足でも簡単に越えられる低いチェーン。それがぐるっと輪を作る。

これを越えた先は崖になっているが、仮に落ちたところで、運がよければ怪我《けが》もしない高さだ。すぐ下にある道に転がり出るだけ。

なにせ小学生の頃、自分の体で証明した事実だ。あの頃はよく擦り傷を作っていた。

——夜になったらここまで来て、丘から遠くを望むんだ。そうすると、昼間に見えないふたつの《海》が、どこまでも綺麗《きれい》に、宝箱を開けたみたいに広がっているからね——。

なんてふうに教えてくれた奴《やつ》がいたと、僕は思い出す。いや、忘れたことなどない。きっと夜空を見上げれば、遠く宇宙の彼方《かなた》から、ここにいるよと報《しら》せるみたいな、眩《まばゆ》い星の海がある。そのひとつひとつがきっと、誰かの大事な宝物なのだと思う。

来月には七夕だ。天の川を渡る、織姫と彦星《ひこぼし》にも会えるだろうか。

だけど僕は星を見ず、ここから見られるもうひとつの、人工の海に視線を落とした。

丘から望む黒い街。目にうるさい外灯や、夜に誘う居酒屋の看板、そして行き交う車のライト……自然ではなく人間が作り出した海のほうが、見ている分には心地よく思う。

空を見るのは嫌いだった。

いつだって、綺麗な夜空は苦い思い出の味ばかり想起させる。

そのくせ、今日もこうして丘に来る。

「……今夜も無駄足か」

小さく呟《つぶや》く。やっぱり誰にも会えなかった。

誰かを探してここへ来る。それが誰かもわからなければ、今日も誰にも会わなかった。

けれど、その誰かもわからない誰かを、僕はいつでも探している。

別に、ロマンティックな出会いを待っているわけではない。無理に修飾的な表現をしているわけでもない。顔も知らない誰かを探している、というのは客観的な事実だ。

――願ってはならないことを願う誰かを、止めるために僕はいる。

だからこそ。

「そうでもないですよ。星、とても……綺麗《きれい》ですから」

突如として聞こえたそんな声に、僕は驚きを隠せなかった。

咄嗟《とっさ》に背後を振り向く。まず単純に、人がいたことそのものにびっくりした。

「あ、えと。すみません……驚かせちゃいましたか？」

少女の声音だった。それが妙に、低い位置から耳に届く。

「ああ……いや、別に」

「星、見にきたんですよね？　あの……よければ、ごいっしょしませんか」

公園の丘の、見晴らし台に備えられた小さなベンチ。その上ではなくなぜか横、つまり地面にキャンプ用の小さなシートを敷いて、ひとりの少女がちょこんと座り込んでいる。

両手で包むみたいに持ったステンレス製のマグカップからは、温かそうな湯気が立っていた。この季節にホット飲料を用意してくるとは、なかなか意表を突くものだ。

少女は肩にブランケットをかけた体育座りで、ふわりと柔らかな笑みを見せる。

「ホットココアです。水筒に入れて持ってきたんですけど、よければシェアしますよ？」

まだ六月。梅雨とはいえ、決して寒い時期ではない。事実、今日だって晴れていた。にもかかわらず、少女はなぜか寒そうだ。装いの季節感がズレている。一瞬、冬に命を落とした女の子の幽霊か？　なんてことを想像してしまったくらい、やけに現実感がない。

思わず目を細めた僕に、少女はえへへと頬《ほお》を掻《か》く。

「わたし結構、寒がりでして。あ、シート半分いいですよ。ささ、どぞぞ、お兄さん」

座ったままのそのそと右側に動く少女。狭いシートを分けてくれるとは懐が広い。

まるで天体観測をしに来たような構えだが、見たところそれらしい装備はない。せめて望遠鏡くらいは欲しいところだが……まあ星を見るだけならいらないか。

「これも何かの縁でしょうし！　えへへ、まさかこんなところでお会いできるなんて」

ぽんぽんシートを片手で叩《たた》いて、へにゃりと少女は相好を崩す。

なんだか気の抜けてくる笑み。そこに、僕は見知った面影を見出《みいだ》していた。

「……流希《りゅうき》、か……？　いや──」

思わず口にしたのは、幼馴染《おさなじ》みだった少女の名前。言ってから、ああ確かに似ているな、と遅れて僕は納得する。けれど、そんなはずはなかった。

肩のブランケットから覗《のぞ》くのは、僕が通っているのと同じ高校の制服。僕も同じ制服姿だから、少女は同じ高校だと知った上で声をかけてきたのだろう。

幼馴染みが同じ高校にいて、丸一年以上も気づかないなんて、さすがにあり得ない。

「やっぱり！　だと思ったんです。お久し振りですね。ちなみに流希《りゅうき》じゃないですよ？」

ほのかな湯気の向こうに、別の輪郭を捉えた。

なるほど、道理で面影があるわけだ。

「思い出した。……確か、妹の」

「はい！　双原灯火《ふたはらとうか》……流希お姉ちゃんの妹です」

懐かしい姿と名前に、思わず目を細める。

まさか、こんなところで再会するとは思っていなかった。

「ご無沙汰ですね、冬月《ふゆつき》くん。なんて、さすがにもうそんなふうには呼べませんか。冬月先輩、とお呼びするべきです？」

「……好きにしてくれていいけど。そっか、久し振りだな」

彼女は、僕がまだ小学生だった頃の同級生──の、ひとつ下の妹だった。

姉とは中学で別れてしまったのだが、どうやら妹のほうは同じ高校に来たらしい。よく姉の流希の後ろに隠れて、恥ずかしがっていた姿を思い出した。

流希と疎遠になり、連絡を取らなくなってから、もう数年が経《た》っている。小学生の頃はとても仲がよかったが、まさか妹のほうまでまだ僕を覚えているとは。

──このとき僕は、自分がずっと探していた誰かが、この少女なのだと直感していた。

「たまに流希の家で会ってたくらいなのに。よく僕のことがわかったな」

「わかりますよ。お姉ちゃんと冬月先輩、すっごく仲よかったですし。わたしもときどき遊んでもらったの、懐かしいですけど覚えてます……あんまり印象にないですかね？」

「いや、覚えてはいる。同じ高校だったとは知らなかったけど。ああ、入学おめでとう」

「もう二か月経っちゃってますけどね。はい、ありがとうございます！」

――だとしたら、僕が学校でどう呼ばれているかも、もう知っているだろうに。

よくこんなひと気のない場所で、無警戒に声をかける気になったものだ。

「説教するわけじゃないが、こんな時間にひとりで出歩いちゃ危なくないか？　よければ家まで送っていくけど」

それを言った。

華の女子高生がひとり、こんな夜中に丘の上まで来る理由とは、果たして何か。

「あはは。悪くはないですけど、それはそれで別の危険があるのではー？　冬月先輩って結構、女の子に手を出すのが早いタイプです？」

マグカップを脇に置いて、灯火は両肩を腕で抱く。なかなか失礼な反応だった。

いや、まあ冗談のつもりなのだろうけど。それはわかっている。

「ははーん、さては意外とやり手なんですね？　ですがその手に騙《だま》される灯火ちゃんじゃありませんよ！　わたしを落としたければ、まずはきちんとデートをしてからですっ！」

「そんなつもりはないが……ていうか、お前こそそんなキャラだったか？」

覚えている印象では、もう少し大人しい子だったように思う。

こういうバカなことを言うのは、どちらかと言えば彼女の姉のほうだった。

「さすがに、小学生の頃の印象で語られても困っちゃいますよー。もう高一ですよ？」

「……なるほど。実際、シチュエーションもシチュエーションだしな……」

「ここ、いい景色ですよね。星がとっても綺麗《きれい》で……」

ひと気のない暗闇だ、という意味合いで言ったのだが、彼女は違う受け取り方をした。

——僕は星など見ていない。

見ようとせずとも視界に入るが、できれば意識したくない。

ここへ来た理由は、星を見たかったからではない。

星の綺麗な日のほうが、探している誰かを見つける可能性が高いと思っただけだ。

誰かもわからない誰かを、中学の卒業以来、手がかりもなく探し続けてきた。さすがに丘の上まで来ることはあまりないが、一年も続ければほとんど習性になっている。

そして今日、僕は高校に入ってから初めて、この丘で人を見つけた。

それも、古い幼馴染《おさなな じ》みの妹を。

自分の探していた誰かが、彼女ではなければいいのに。それは心からの本心だったが、なぜか確信がある。いずれにせよ、僕は願いを星に祈ることだけはしない。

「あー……双原《ふたはら》、」

「灯火《とうか》、でいいですよ。後輩ですし、お姉ちゃんと混ざっちゃうので」

「……じゃあ、灯火。ちょっと失礼するよ」

灯火が敷いたシートの半分を僕は借りた。後輩の少女は、やけに嬉《うれ》しそうに笑う。

「どうぞどうぞ！　すごいですね—、こんな綺麗なところで男の子に会うなんて。まるで恋愛小説の冒頭みたいです。なんだかロマンチックですね。恋の始まり、かもですよ？」

妙な口数の多さから、灯火の緊張が感じられた。

僕は答えず、代わりに問いを投げかける。

「……流希《りゅうき》は、その……元気か？」

ほとんど初対面みたいな先輩を前に、淀《よど》みなく喋《しゃべ》っていた灯火の舌が動きを止めた。ずず、と音がする。ほう、と零《こぼ》れた小さな息は、確かにどこか寒そうだ。

「ふう……さむさむ—」しばらくあってから灯火は答えた。「お姉ちゃんは元気ですよ？元気いっぱいな、華のＪＫですとも」

「そうか。……なら、よかった」

「てか、なんで疎遠になっちゃうんですか、まったくも—！　昔はお姉ちゃん、いっつも伊織《いおり》くんが伊織くんが—、って冬月《ふゆつき》さんの話ばっかしてたんですからね！　もうわたしが羨ましいくらいでしたよ！　今度会ったらまた、お姉ちゃんと仲よくしてくださいね」

僕はそれに答えず、代わりに灯火の胸元に下がるペンダントを見ていた。

それはもともと灯火《とうか》の姉、流希《りゅうき》が持っていたものだ。

「こんな時間に、ひとりでこんなとこに来たって知ったら、お姉ちゃん怒りますかね？」

はふー、と息をつきながら灯火が言う。

「……僕に訊《き》かれてもな」

「えー、いいじゃないですか。お姉ちゃんの大親友、だったんですよね？」

否定しても肯定しても、誰かに責められそうだと思った。だから問いに答えた。

「まあ、……流希なら心配はしても、怒りはしなそうだと思う」

「奇遇ですね。わたしもそう思います」

変な口癖ですよね、と笑う灯火。昔を思い出して、僕は言った。

「《お天道様が見てない夜こそ、悪事を働くチャンスだぜ》」

「あっはは！　さっすが、よくご存知《ぞんじ》で。お姉ちゃんもムチャクチャ言うもんです」

灯火は、夜空から目を離さないままに言った。

懐かしい思い出だ。双原《ふたはら》流希は、そういう奇妙なエネルギーを持つ少女だった。いつも明るい笑顔を絶やさず、思いつきに周囲を巻き込んでは笑顔を増やした。流希の言葉には妙な説得力があり、結局は彼女といっしょにいれば、最後には笑える——そんな少女。

灯火は右手のマグカップを置いた。

その手が次に、自然と胸元のペンダントを握り締めていた。

僕は静かに訊《たず》ねる。

「で、灯火は何しにここへ？」

「星を見にきたんです」

「……星を、か」

灯火は小さく笑った。

「小《ち》っちゃい頃、お姉ちゃんはよく、友達とここに出かけてたって聞いてたんで。不思議ですよね、下の街からじゃ星なんてぜんぜん見えないのに、ここは違う。ここまで登ってくると——こんなに綺麗《きれい》に見えるんですね。わたし、今まで知りませんでした」

言葉の通り、都市部に程近いこの街で天体観測ができるのは、この七河《ななかわ》公園の丘以外になかった。街を覆う汚れたフィルターが、この丘の部分だけ破れているみたいに、満天の星を見ることができる。

だから僕はこの場所が好きだったし、だから同じ理由で今は嫌いだ。

「冬月《ふゆつき》先輩にも会えましたしね。すごい偶然……わたし、嬉《うれ》しくなっちゃいました」

「……来月には七夕だしな。星を見るにはいい季節だろうよ、実際」

僕はもう悟っていた。

どうして灯火が、こんな時間に、こんな場所まで来たのかということを。

「灯火。お前、星に願いがあるんじゃないのか？」

字面だけなら、それこそロマンティックな問いだろう。

右隣の灯火《とうか》は肩を竦《すく》めて、握り締めていたペンダントを首から外す。

「知ってるんですね、冬月《ふゆつき》先輩も……あの都市伝説のこと」

「なら、……やっぱりそれは《星の涙》か」

「あはは。やっぱり冬月先輩にはわかるんですね。これがなんなのか」

果たして今日、僕らがここで会ったのは偶然なのか。

そうであるほうがいっそ、救いがあった。

「ありゃ怪しい露天商の作り話だぞ。安物のアクセサリーに、適当なカバーストーリーをつけて売《う》り捌《さば》いてる、悪徳商人がいるだけだ。まさか本気にしてるわけじゃないだろ?」

「夢のないこと言いますね……そりゃあ、わたしだって本気にはしてませんけど」

灯火の手の中にある、雫《しずく》のような形をした透明の石。

少しだけ加工してあって、首につけられるよう革製の紐《ひも》が取りつけられていた。

「でも。でも、もし本当になんでも願いが叶うなら……お願いしたいことがあるんです」

「──やめておけ」

僕の言葉の鋭さが予想外だったのだろう、灯火は弾《はじ》かれたように顔を上げた。

彼女の知る冬月伊織《いおり》は、いつも元気に笑っている──きっと、そんな少年だったのだと思う。もしかすると、この都市伝説の話を彼女にしたのも、僕だったかもしれない。

「そんな話が本当なわけないだろう。高校生にもなって縋《すが》るもんじゃない。七年前も七年前に石が落ちてきたっつってたぞ。その時点でめちゃくちゃだ」

「そ、そこまで言わなくても……なんで、そんな急に、怒ったみたいに……」

「言うよ。そんな話を信じて夜間徘徊《はいかい》なんて危ないからな。今、僕に話しかけたのもそうだが、もうちょっとまともに警戒しろ。流希《りゅうき》に……お前の姉にも申し訳が立たん」

「別に冬月先輩の責任じゃないでしょう」

「そりゃそうだが、こうして見つけちまった以上はな。つーかそれ、どこで手に入れた？」

「――お姉ちゃんがくれたんです」

僕は思わず押し黙った。

その可能性は考えていなかったからだ。僕は、流希が星の涙を手放すとは本気で考えていなかった。あいつが持っている分だけは使われることがないと信じ込んでいたのだ。

だが灯火の持つものが、流希の持っていたものならば。

これが本当に――本物の星の涙であるのなら。

「あいつが、……星の涙を手放したのか？」

「えーと……まあ、特別な理由があって貰《もら》ったとでも言いますか。でもこれの話は昔よく聞きましたよ。友達と、この丘に拾いに行って見つけた、って……先輩、その友達って」

「――仮にあの都市伝説が本物だとして、だ」

話を遮るように僕は言った。たぶん嫌われるだろうことを、少しだけ悲しく思う。

「何を願う気か知らないけどな、奇跡には対価がいるんだ」

「……わかってますよ、そんなこと」

「わかってねえよ。――わかってたら、こんなもんには縋《すが》らない」

そんなこと、僕が偉そうに言えた義理もないのだが。

それでも言わなければならない。

「悪いことは言わねえから、やめておけよ。アクセサリーが欲しいなら、普通に店で買えばいいだろ。なんなら僕がプレゼントしてやってもいい。説教したついでにな」

「…………」

隣にいる僕を、彼女が見つめた。怪訝《けげん》そうな様子を隠そうともしない。

いきなり説教されて戸惑っているというより、なぜ僕がそうまでして何も願わせまいとしているのかを探っている。いわばそんな目に見えた。

……少し失敗した。ちょっと頑《かたく》なに否定しすぎた気がする。

願いが叶《かな》う魔法の石――なんて与太《よた》話、普通ならまず信じない。にもかかわらず、僕はそれを強く否定しすぎた。まして僕と灯火《とうか》は久々に再会したばかりなのだ。こんな状況で否定を重ねては、それこそ灯火に確信させせかねない。

──星の涙を使えば本当に願いを叶えることができると、僕が知っていることを。

この場所なら持ち主が現れるかもしれないと、ただそれだけの理由で一年間、丘の上に通い続けてきた。けれどその理由は、誰かが願いを叶えようとするのを手伝うためでは、絶対にない。──星の涙は決して誰にも使わせない。

僕は、星の涙で願いを叶えようとする、全ての人間を邪魔しようとしている。

「いや……まあ、なんだ」

どうも気が逸《はや》りすぎた。その自覚がある。

この一年、そのためだけに過ごしてきたせいだ。そのくせ、いざ見つけたらどうするかということを考えていなかった。ああ、本当に僕は間が抜けている。

「……懐かしいしな。姉の昔の友達からの忠告だと思って、話半分に聞いてくれ」

結果、そんな毒にも薬にもならないような誤魔化《ごまか》しを口にしてしまう。

無理に止めるよりマシだと思いたいが、いずれにせよ上手《うま》い方法ではなかっただろう。

「……そうだ。これ、やるよ。怪しい露天商の店で、後輩の女の子から買った品だ」

「な、なんですか、それ、それ……？」

「いいから。それで──もう夜中にこんなとこ来るなよ。危ないから」

言い切って、僕は半ば強引に星の涙のイミテーションを渡す。

偽物のほうが、本物よりよほどそれらしいものだ。装飾にするなら向いている。

「で、どうする？　僕はもう帰るが、本当に送っていこうか？　家までとは言わんでも、せめて公園の外までは」

「……結構です」

「あ、そ」

灯火《とうか》は俯《うつむ》いたままこちらを見なかった。こうなっては僕のほうが、いるかもわからない不審者より怖いかもしれない。こんなんだから、氷点下などと言われるのだろう。

「じゃあな。……また」

と、告げて僕は立ち上がった。

再会するための言葉をつけ足した理由は、果たしてなんだろう。自分でもわからない。たぶん、本当に諦めたかどうかを確認したいから。そんなところだろう。

僕はそのまま歩き出す。幼馴染《おさなな じ》みの妹に、嫌われてしまったのはやるせないところだ。それでも言わないという選択肢はなかったのだから、仕方がないと強がっておく。

最後に。

歩き始めた僕の背中で、小さな声が聞こえた気がした。

「それでも、本当に奇跡にでも縋《すが》らないと叶《かな》わない望みがあるなら、いったいどうすればいいんですか……」

僕は答えない。その権利も義務もなく、そもそも僕に向けられた言葉ではない。

——それに、僕にだってその答えはわからなかった。

言えることがあるとすれば、たぶんひとつだけ。

諦めろ、という言葉以外になかった。


去り際に瞬く星。鬱陶《うっとう》しいほどの輝きが、空から僕らを見下ろしている。

僕は丘を下ってから、再び頂上のほうを見上げてみた。星が視界に入ってしまうことを考慮しても、それでも見たいものがあったのだろう。それが何かは、わからなかったが。

もちろん、ここから頂上の広場を見ることなんてできない。

けれど、きっと錯覚ではあるけれど。そちらで何かが、小さく煌《きら》めいたように見えた。

そんな気がした。たとえるなら、星が涙を流すような——か細いひと筋の光が。


だが氷点下の心には、灯火は一切、響かない。

# 第二章『後輩のいる日常』

## 1

「ほら、遅刻しちゃいますよ、伊織《いおり》くんせんぱいっ！　早く学校行きましょうよー」

――それがひと晩でどうしてこうなる？　僕はさっぱりわからない。

六月二十五日、火曜日。

朝から後輩の襲撃を受けた僕は、重い気持ちでのろのろと通学路を歩いていた。

その背中をぐいぐいと押してくる灯火《とうか》に関して、僕が言えることなどひとつもない。

「……本当にこのまま学校までついて来るつもりなのか？」

だからって放置もできないのだから、こんなふうに問いを投げてみる。

どうしたって受動的だ。あんなことがあって、なぜこうなるというのだろう。

本気でわからない。

「そりゃ、同じ学校なんですから。別れるほうが変でしょう？」

「そうだけどな……悪いことは言わんから、離れて歩いたほうがいいぞ」

僕は言う。

けれどそんな僕の態度に、灯火はますます絶好調だ。

「おー、なんですかなんですか、伊織くんせんぱい？　はは－ん、さてはわたしとペアで登校するのが恥ずかしいわけですね？　意外と初心《うぶ》で照れ屋さん……ギャップですね！」

灯火は《小悪魔系後輩》ムーヴを再開していた。諦めが悪い。

どうだろう。この振る舞いより、素でいるほうがかわいかったと思うのだが。何ごともなかったかのように演技を再開した灯火に、言える言葉はなかった。

昨日の顛末《てんまつ》さえなければ、灯火の言う通り、かわいい後輩に構われているで済むのだが。

「まあ、確かに恥ずかしいっちゃ恥ずかしいな」

だからと言って反撃しないとは言っていない僕だ。

ついでだ。通学がてら、灯火の小悪魔ヅラを剥《は》がしてポンコツ面を曝《さら》け出させてみる。

「お、おぉ……伊織くんせんぱいが急に素直に。え？　本当に照れてくれてます？」

「アホ面の後輩に引っつかれてるとこ見られるなんて、なかなか心に来る」

「言うにコト欠いてアホ面ですとぉっ!?」

憤慨する灯火だった。いや、するに決まっているのだが。

にしたって、一発で素に戻っちゃっている。演技、下手だなあ、こいつ……。

「そこは『かわいい後輩といっしょにいるなんてクラスの友達に見られたらからかわれて困るぜー』的なことを思うところなのではっ!?」

「それを自分で言う奴《やつ》って、一般的にはかわいくないよな」

「……伊織《いおり》くんせんぱい、昨日から思ってましたけど口悪すぎじゃないですかね……」

「丁寧語で話せばいいってものでもないでしょ。灯火《とうか》も灯火だから」

「そう言われると弱いですが……いや、じゃなくてですね？　もっと優しくしてくれてもいいんじゃないか、ってことをわたしは主張したいわけですっ！」

「約束もなく早朝六時半から家に押しかけてきた輩《やから》を居間に上げてやった時点で、充分に優しいという評価を得ていいと思うんだが」

「それはありがとうございました！　けどそういうことじゃなくってですっ！」

なんかもう普通に面倒臭い彼女みたいなこと言ってんな、こいつ。

いや、さてはそういう狙いで話を展開しているのかもしれない。

「お、おかしいな。お姉ちゃんはモテたんだけどな……いったいわたしには何が足りないというのか」

「いろいろとそれ以前の問題だよ。まずなんだ、小悪魔系後輩って」

「う、うそ。そんなはずは……わたしはちゃんと、学校のせんぱいにアタックする方法をネットで調べてやっているというのにっ!!」

それをネットで調べているという点がもう間違っている気がする。

「何を見たんだよ、いったい」

「何って、《後輩彼女にされて嬉《うれ》しいことランキング》というページをですね」

「見たのか」

「見ました」

「それで？」

「最近は《ウザかわ》が流行《はや》っているとかで」

「化けの皮が剥《は》がれたな」

「しまった誘導尋問！　ち、違いますよ……？　わたしは、素で、小悪魔なのです。もう生まれつき、そう……神に作られた小悪魔です。あれ、神様と悪魔って敵かなあ……」

ガバガバかよ。

せめてもうちょっと練ってこいよ。面白いからいいけど。

「そのランキングの是非を別にしても、知らない人がいきなり来たら普通に怖いわ。てかなんで家知ってんのマジで？　さっきも訊《き》いたけど」

「知らない人ってことはないじゃないですか。家知ってるのだって、小学生の頃、普通に来たことあるからですよ。え……てか、それすら覚えてないんですか？」

「……あー……」

言われてみれば、そういえば何度かは来たことがあったか。

基本的には、姉である流希《りゅうき》のおまけみたいな認識だったけれど。小学生の一学年差は、結構大きかったように思う。

「そっか、それで覚えてたのか。ならいいや。解決」

「それはそれであっさりしたものですね……」

実際、その程度なのだ。少なくとも僕にとっては。

「感情に熱量を持たせたくないんだよ。怒ったり憎んだり、面倒だろ、そういうの」

僕はそうして生きている——氷点下男などと揶揄《やゆ》されるのも、あながち間違ってない。

感情に、火を入れたくなかった。熱を作りたくない。

誰に対しても同様に、差別も区別もなく《冬月伊織《ふゆつきいおり》》でありたい。そう願っている。

「はあ……なるほど。ちょっと前に流行《はや》った、いわゆる植物系ってヤツですか」

「それ草食系のこと言ってる？」

「惜しいっ！」

「惜しくねえよ。食物連鎖のピラミッド一段落ちちゃってんだろ下位に……」

第一、僕が植物ならこいつは火種だろう。そこが厄介だった。

近づかれるのは、踏み込まれるのは苦手なのだ。情が移ってしまうから。

「——灯火《とうか》。何考えてるのか知らないが、ふたつだけ確認させろ」

だから先んじて言っておく。

現状、灯火の行動は意味不明だ。目的の予想はつくが、それでも違和感が残る。確証がない。だから、どう転んでもいいように釘《くぎ》を刺《さ》しておきたかった。

灯火に対してというよりも、どちらかといえば、むしろ自分の心臓に。

「本当にこのまま学校に向かっていいんだな？」

「……何かあるんですか？」

僕が真剣な雰囲気になったと察してか、灯火が少し静かになる。

「何か、っていうかな。一年生っても六月も終わる頃だ。僕が学校でどう呼ばれてるかくらいは、さすがに聞いたことあるだろ？」

「……えーと？」

「聞いたことないか？　……これあんま自分で言いたくないんだけど。二年の先輩に冷酷《れいこく》外道な人でなしがいるみてえな話。氷点下男の噂《うわさ》をさ」

「ああ、それなら聞いたことありますよ！」

灯火はぽん、と手を叩《たた》く。共通の話題が見つかった、みたいなリアクションだ。

「なんか、女子を言葉攻めして泣かせるのが趣味だとか、命の恩人を見殺しにしたとか、むしろ人殺しだとか……生徒ひとり自殺に追い込んだとか、いじめでクラスを支配してるとか。もう眉唾を通り越して話大きすぎるし、特に気にしてませんでしたけど……」

「いや。よく知ってらっしゃるよ」

なんなら僕ですら知らない話も混じっていた。

クラスを支配してたのか、僕……。にしては肩身が狭いんだけど。

「え？　まさか、それが伊織《いおり》くんせんぱいだとか言い始めるつもりですか？　ええ？」

まるっきり信じていないという表情の灯火《とうか》だった。

いや。さすがの僕も、それが真実だと吹聴《ふいちょう》して回る気はないが。

「僕がそう思われてること自体は事実だよ。そんな奴《やつ》といっしょに登校なんてしてみろ、最悪、僕を恨んでる連中に絡まれかねないぞ」

与那城《よなしろ》とかにな。

善意からの忠告である。けれど灯火は、真に受けた様子もなく半笑いだった。

「ははん？　なるほど、嫌われ者の僕に近づくな、ってヤツですね！　かぁっこいーっ！」

「ああ……お前が僕をバカにしてんのはよくわかったよ」

「いえいえいえ！　まあ確かにやっすい表現ですけど、実際ホントに言われてみると結構悪くない気分です。伊織くんせんぱい、一ポイント！　大切にされてる感、素敵っ!!」

「……まあ、お前がいいならいい。忠告はした」

気を遣ってやるのがアホらしくなってくる態度だ。

噂《うわさ》ってのは、流す奴がいなきゃ流れないものだと知らないらしい。

「いえ、嬉《うれ》しいのはホントですよ？」

目を細める僕に、灯火はつけ加える形で。

言った。

「伊織くんせんぱい、なんだかんだ優しいですよね。思えば昨日も心配してくれてたわけですし。植物系ではなく実はツンドラ系だったわけですか」

「草木も生えなくなってんぞ、おい。一周回って逆に合ってる感あるけども」

「ツンデレ！　でしたね。伊織くんせんぱい、ツンデレ説です」

「馬鹿言うな。だいたい優しくなさで評判だって話、聞いてるって言ってたろ今」

「いやでも、だから、それただの噂なんですよね？」

「…………」

　僕は悟った。

　少なくとも自分を下げて突き放す形では、灯火から逃れられそうにない。

「わたしはちゃんと、自分の目で見て言ってますし。少なくとも昔、ひとつ下のわたしといっしょに遊んでくれたのは覚えてますから。あのとき、すごく嬉しかったんですよ？」

「…………」

「わたし、いっつもお姉ちゃんの後ろにいたっていうか。あんまり明るい子じゃなかったですけどね。それでもせんぱい、わたしによくしてくれてたじゃないですか。そういうの知ってて、変な噂なんか気にしませんよ。普通に。……え、なんかおかしいですか？」

　ごくごく当たり前のように灯火は言った。そこに、僕は打算の影を見なかった。

　さきほどまでのように、僕をからかっているわけではない態度。ただ本心からの言葉。

──ああ。そういうところは本当に、流希《りゅうき》の妹なんだと思い知らされる。

明け透けに向けられる好意には心がざわついた。どうにも居心地が悪くなってしまう。

だから少しだけ、歩くスピードを速めた。

「ちょ、なんですかー、置いてかないでくださいよーっ！」

「早く行こうって言ったのはお前のほうだろ」

もともと、僕の家からなら学校まで三十分もかからない。

余裕のあるペースなのだ。辺りには同じ制服を着た人影も目立ち始めている。

「訊《き》きたいこと、もうひとつあるんじゃなかったんですかっ？」

追いついてきた灯火《とうか》にそう問われる。僕は言った。

「もう校門に着く。ひと気のある場所でする話でもないから、それは後日でいい」

「そうですか……あっ！　てことは伊織《いおり》くんせんぱい、今後もわたしとお喋《しゃべ》りしてくれるってことでいいんですね？　わたしにデレてくれたってことでいいんですよねーっ!?」

「デレてない」

「またまた照れちゃっ、あっ、速い、速いですが足っ!?」

ポジティブシンキング、というか自分に都合のいい解釈ばかりする奴《やつ》だ。

単に僕は、この状況を知り合いに見られたくないから速度を上げただけなのだが──、

「あ、やっぱり止まってくれるんですね、伊織くんせんぱいっ！　もうもうっ、そういう

とこズルいですよねー。でもでも、あまりチョロいと思われるわけには——せんぱい？」

どうやら遅かったらしい。

正面に、さきほどの灯火とは比較にならないほどウザいニヤケ面を見つけてしまった。

最悪なことに、それは人の流れに逆らってまでこちらへ近づいてくる。

「よーう、冬月《ふゆつき》先生。おはようさん？」

「……お前こそ。珍しくお早い登校だな、遠野《とおの》」

「いやいや。俺は健康優良優等生として通ってるからな。かの冬月先生が、朝からこんなお熱いシーン見せてくれるほどレアじゃねえ。いつものマイナスっぷりは捨てたのか？」

灯火といっしょに通学、なんてシーンを見られたくなかった相手の、第二位くらいにはランクインする男がそこにいた。

「その様子じゃ、まさか朝帰りか？　眠たそうだぜ」

「ひゃわっ」

ふざけた軽口に、灯火が顔を真っ赤にした。それを見て遠野は苦笑だ。

そういう誤解されそうな態度を取るな、と言いたい。

「ふざけろ。僕はただ普通に登校してきただけだ。適当なことばっか言うなよ」

「もちろんわかってるけどな？」

いや。わかっていて言ったのなら、より厄介なだけなのだが。

「それでも、かの冬月《ふゆつき》先生が朝から女の子連れだぜ？　こりゃちょっとした事件だろ」

「朝、会ったってだけだ。道が同じなんだから仕方ないだろ」

嘘《うそ》はついていない。自宅で、という位置情報を意図的に隠しているだけ。

そして、そもそも遠野《とおの》は僕の弁解をまるで聞いちゃいないだけ。

「で？　どこでこんなかわいい彼女をひっ捕まえてきたんだ？　紹介してくれよ」

「……もう頭が痛《いて》えよ」

こめかみを押さえて僕は言う。友人は少ないのに、その少ない友人に見つかるとは。

と、そこでようやく再起動したのだろう、灯火《とうか》が自分から口を開いた。

「えっと……？」

「ああ。俺は遠野駆《かける》。こいつの……なんだろうな？　ま、クラスメイトだよ。よろしくね」

一瞬で爽やかな笑みに変わるのが、最もタチ悪いところだと思う。

何がって、僕に対する態度もきちんと灯火には見せているところがだ。その上で女子に対しては、あえて別の対応をする。行動そのものが遊び人アピールみたいな奴《やつ》だった。

「あ、わたっ、えとっ……んんっ！」

豹変《ひょうへん》する遠野に狼狽《うろた》えてか、灯火は誤魔化《ごまか》すような咳払《せきばら》いをした。

ざまあみろ。そうそう誰もがお前に騙《だま》されるわけじゃない。……こう言うと、僕が嫉妬しているみたいに聞こえて面白くないな。黙っておこう。

「えーと、その……わたしは、……ええと」

灯火はかなりか細い声で言った。徐々に徐々に、なんでかじりじり後ずさっていく。

なんだろう。僕に対する態度とは、違うなんてレベルじゃない違和感だ。

「双原《ふたはら》、灯火……です」

そう名乗る頃には、すっかり僕の後ろに隠れる形になっていた。

僕の背中側に回った灯火は、腰の辺りを掴《つか》んで、顔だけ覗《のぞ》かせて遠野を見る。小動物が怯《おび》えているみたいな態度だ。いや別に、震えるほど怖がっているわけでもないらしいが。

僕相手には何も思わないのに、遠野には緊張するというのなら……釈然としない。

「——ああ、そうか。なるほどな。そうだな」

いったい何を納得したというのだろう、遠野が言った。

そのまま遠野は僕の肩を組むような形で掴むと、ニヤニヤ笑みを浮かべる。

「ま、よかったんじゃねえの。なあ、冬月先生？　おめでとう、と言っておこうか」

「……だから、そういうんじゃねえって」

「こんなふうに歩いてきてよく言うよ。……ま、どう転ぶかは知らねえが」

「あ？　何がだよ」

「……お前を見てる奴は、ほかにもいるだろって話さ」

ちらり、と目配せをするように、遠野は視線をわずかに校門の内側へ流した。それからいつものように乾いた笑みを浮かべつつ、僕を解放して言った。

「そんじゃ邪魔者はこの辺で。冬月《ふゆつき》をよろしくな、双原《ふたはら》さん。俺の言うことじゃないが」

「え？　あ、はい。もちろんで――もちろんっ！」

普通に頷《うなず》いていやがる灯火《とうか》と。

「本当にお前の言うことじゃねえだろ」

呆《あき》れて突っ込む僕を尻目に、遠野《とおの》はそのままひらひら手を振りながら去っていった。

小さく息をついて、僕は灯火に向き直る。

「……なんか今、変じゃなかったか？」

「どっちかっていうと、変なのは伊織《いおり》くんせんぱいなんですけど」

ナチュラルに失礼なことを言われて閉口する。

さっきまでの態度はどこへやら。灯火は何ごともなかったように続けて、

「ははー。しかし、イケメンって感じのイケメンでしたねー。なんか、あんまり伊織くんせんぱいの知り合いってタイプのオーラじゃないというか」

「何その適当な感想……ただのクラスメイトだよ。タイプも何もないっての」

「……おやん？　そのリアクション、まさか伊織くんせんぱい、ヤキモチですかあー？」

一瞬で嬉《うれ》しそうになる灯火であった。なんだかなあ。

次は対応を変えてみるか。僕は少し考えて、今回は話に乗ってみることにした。

「うん。まあ、そうだな」

「ふふーん！　そうでしょうそうでしょ——おおっとぉっ!?」

得意げなはにかみ顔から一転、またしても変なポーズを取る灯火。

「……今度はなんのポーズなんだ？」

「……えと。カマキリのポーズですかね……？」

「ああ、なるほど。その手でカマを表現してるわけなんだな。多彩じゃないか」

「いやせんぱいがいきなりデレるからでしょーが!?」

聞いたことないタイプの逆ギレを喰《く》らった。

いきなりデレるて。

「デレるときはデレるって言ってからデレてください！　びっくりしちゃうでしょっ！」

そんなこと言われても。

面白い。僕は神妙な顔を作ってみた。

「いや、さっきまで冷たく当たって悪かったな、と思って。遠野と話してる灯火を見て、なんとなく胸にチクッときたというか……これが嫉妬なのかな」

「い、いやっ、も、そういうのいいですからっ！　そんな手には引っかかりませんよ！」

「確かに灯火の言う通りだね。かわいい後輩が迎えにきてくれるなんて、その時点で贅沢《ぜいたく》だったんだと思う」

「うひっ!?　あ、あのっ、もうそういうの恥ずかしいので、ちょっと……っ！」

「いやさっきまで済まなかった。これを機に僕も心を入れ替えるよ」

「うひゃあっ。……な、なんなんですかあっ！　あ、あのっ、もしかして本当に――」

「――嘘《うそ》に決まってんだろ」

首を振って僕は歩き出した。

背後から、「な、な――なあ……っ!!」と声が聞こえてくるが、無視である。

ただ少なくとも灯火《とうか》は、自分が攻められる側に回ったら、防御力がゼロだということは間違いないらしい。反撃されてるときが、なんだ。いちばん面白い。

「どどっ、どういうことですか、なんですか今のっ！　ちょっと待ってくださいよぉ！」

叫びながら後ろをついて来る灯火。

小悪魔できない、からかい下手の後輩だった。

「伊織《いおり》くんせんぱいはわたしに対する態度が酷《ひど》すぎると思うんですっ！　ちょっと聞いてますかあっ!?　断固抗議ですっ！　再会したばっかりでこの態度はおかしいとっ！」

「その台詞《せりふ》、そっくりそのままお前に返すよ。それよかもっと離れて歩け」

「ひどっ！　冷たすぎるんですけどっ!!」

「さっきそう説明しただろうが。それでいいっつったのもお前だぞ」

「わたしが冷たくされたいとは言ってませ――ん!!」

「はいはい……」

灯火の言葉を適当に流しながら僕は歩く。

何歩か進んだところで、ちらと首だけで背後を振り返る。校門の外側に、こちらを睨《にら》みつけるクラスメイトの姿を見つけていたからだ。まだ立ち止まったままでいる。

「伊織くんせんぱい？　どこ見てるんですか？」

「別に。……てか一年の下駄箱《げたばこ》、もっと向こうだろ。さっさと行ったらどうだ」

「なんですか、それー！　もう少し名残惜しむ態度を要求しますっ！」

「わあお別れだ残念だなあ」

「雑！」

「じゃあ、また明日」

「しかも今日はもう会わない気ですか!?　放課後デートは!?」

「いや知らねえよ。なんだそれ。聞いたこともない予定を当然のように捻《ね》じ込《こ》んでくるな」

「そんなあ。伊織くんせんぱいの奢《おご》りでタピオカをタピろうと思ってたのに……」

「お前、意外と厚かましいよな……しれっと何言ってんだ」

「朝、家に押しかけた時点で何を今さらですよ」

「そうだけど。お前が言う？」

「えへへ。そう言いつつ、なんだかんだで優しいのが伊織くんせんぱいでしょう？」

その言葉には僕は答えなかった。

好意を向けられているのか、それとも調子に乗られているのか。どちらがマシなのか。

誰も彼も、好意を全力で露《あら》わにしてくる奴《やつ》がいれば、剥《む》き出《だ》しの敵意を投げつけてくる奴もいる。共通しているのは感情に熱量があること――温度を表に出していること。

それが理解できない、なんてことは言わない。僕にだって感情はあるのだ。否応《いやおう》なく。

感情が心を燃やして得られる熱量ならば、それはいつだって誰かを焼く可能性を持つ。

喜怒哀楽のいずれにかかわらず、他者へ感情を向けるとはそういうことだ。

――それほど恐ろしいことがこの世にあるだろうか。

だから僕は、それを隠す。感情があることは否定できなくても、それを態度として外に出さずにいることなら、きっとできるはずだから。

## 2

「伊織《いおり》くんせんぱい、お昼ですよっ！」

昼休み。時報の灯火《とうか》ちゃんが僕の教室に現れた。意外だ。胃が痛い。

教室中の視線が一斉に僕へと向いた。

なんで僕だ。せめて灯火を見ろ。ささくれ立った視線の感触に総毛立つ気分になる。

「おお、双原《ふたはら》ちゃん！」

こういうとき、僕が最も嫌がる対応を的確にできるのが遠野《とおの》という男だった。

別のクラスの奴が来る程度ならともかく、一年生が、よりにもよって冬月《ふゆつき》伊織を訪ねてくるとなれば目立つことは避けられない。

だが、その間に遠野駆《かける》というクッションが挟まるなら話は別だ。彼を訪ねて誰かが来る分には日常の範疇《はんちゅう》なのだから。何より厄介なのが、こうして場を掌握《しょうあく》されては、逃げるというコマンドが使えなくなってしまうこと。

もし僕が逃げ出そうとしたら、遠野は大声で僕を呼び止めるだろう。普段は声もかけてこないくせに、こういうときばかり嬉々《きき》として敵に回りやがる。なんて野郎だ。

「どうもですー」

とてとてと教室に入ってくる灯火。

仮にも上級生の教室に、こうも簡単に侵入してくるとは。意外と肝が据わっている。

最後列窓際という幸運な席にいる僕も、こうなってはど真ん中と大差ない。

「いっしょにお昼を食べましょう！」

灯火は言った。だってさ遠野、と役を振ってしまいたい。無理だろうが。

とはいえ、だからといって僕がこの場で空気を読むと思ってもらっては困るのだ。

「断る」

僕はひと言でバッサリ切った。「うえぇっ!?」と灯火《とうか》は慌てるが、知ったことじゃない。元より冷たい人間だと思われているのだ。この程度で下がる評判は持っていない。これ以上、どうやっても下がらないくらい最低だという意味で、だが。

僕なりの抵抗だった。家に来られるより正直、教室に来られるほうが厄介だ。けれど、この場に遠野《とおの》がいたことが、僕の運の尽きだろう。

「まあまあ、いいじゃねえか。せっかくかわいい彼女が来てくれたんだぜ？　俺も今から冬月《ふゆつき》と食べる予定だったんだけど、いっしょでいいか？」

そんな約束はもちろんしていない。

そもそも高校に入ってから、遠野といっしょに昼を食べたこと自体がない。もうひとつ言えば、灯火は別に彼女じゃない。嘘《うそ》しかねえじゃねえか。

だが灯火も、これで遠野が自分の味方だと——否《いな》、僕の敵だとは気づいたらしい。

「はっ——もちろんですっ！」

ところで、灯火は遠野にタメ口を利くのはやめたのだろうか。

「よし、決まりな。たまにゃこういうのもいい」

あっという間に賛成多数で、三人での昼食が可決されてしまった。

「悪いな。本当はふたりきりがよかったんだろうけど、こいつ素直じゃねえから」

「まったくです！　そんなに恥ずかしがることもないと思うんですけどねー」

打ち合わせでもしていたかのように話を合わせる灯火と遠野。

僕は椅子に、ふたりは窓枠に腰を下ろす。天敵に囲まれた状態で頂く食事は、果たして美味《おい》しいものなのだろうか。食われている側になったかのような気分だ。

辺りの様子を横目に窺《うかが》ってみる。

幸い、クラスメイトたちの興味はそろそろ他へ移り出しているようだ。まあ言うほど誰も、そこまで僕に興味はないのだろう。逆を言えば、ここから再び興味を集めるようなことはさすがにしにくい。……遠野がここまで狙っていたのだとしたら、かなり最悪だ。

僕は諦めて、総菜パンを鞄《かばん》から取り出した。

「今日は時間がなかったですからねー」

同じくビニール袋からコンビニのおにぎりを取り出しつつ、灯火は呟《つぶや》いた。朝のうちにコンビニへ寄って、買っておいたものなのだ。

ああ、考えてなかった。家の近所のコンビニに、ふたりで寄ったことが遠野にバレる。

「しかし、やっぱりここはわたしが手料理など振る舞うのがお約束だったでしょうか」

「双原《ふたはら》ちゃん、料理とか得意なんだ？　そいつは羨ましい。妬《や》けるねえ、冬月」

「まあ嗜《たしな》む程度ってヤツですが。どうです、伊織《いおり》くんせんぱい？　何か食べたいものとかありますか？　お弁当のリクエストは、随時受けつけているわたしですっ！」

僕は答えた。

「いらない」

「まあまあそう言わずに。もちろん、食べられないものがあったら言ってくだされば」

「じゃあ弁当アレルギーだから弁当は食えない」

「じゃあ、って！　なんですかこの人、もう断り方すら適当なんですけどー！」

ぷくっと頬《ほお》を膨らませる灯火《とうか》は、けれどめげる様子もない。

「冷たいっていうか、もうただのツンデレにしか見えねえよなあ。今日の冬月《ふゆつき》先生は」

挙句、遠野《とおの》にそんなことを言われてしまった。

屈辱だ……なぜ僕がそんな謂《いわ》れのない罵倒を受けなくちゃいけないんだ……。

「……お前、明日もまた僕に絡んでくるつもりか？」

「そう言ったと思いますけどー」

灯火はしれっとした様子で答える。

なんのつもりなのか。《一年生の子を弄んでる》と言われる程度なら、僕にダメージは入らない。外堀を埋めようというのなら、残念ながら的外れだ。

いや、まあ実際に弄ばれているのは僕のほうだから、そういう意味では悲しいけれど。

というか実際問題、この攻撃は、別の意味で僕に効いている。

「……わかった。なら、せめて教室にまで押しかけてくるのはやめてくれ」

もはや頭を下げて頼み込むほか手がなかった。

「それは――」

と、灯火は呟《つぶや》き。ひと息、間を空けてからこう続けた。

「さっき、伊織《いおり》くんせんぱいを超睨《にら》みながら教室出てった人と関係がありますか？」

「……与那城《よなしろ》に気づいてたのか」

僕も、遠野も、まったく気づいてない振りをしていたが。

灯火は意外と目敏《めざと》く見ていたようだ。

僕は遠野に視線を流す。だが遠野はこちらの会話など聞こえていないとばかりに、弁当箱に夢中な振りだ。本当にこいつはロクでもねえな。

「もしかして、なんですけど。実は彼女さんがいたとかですか？　さっきの方がそうで、怒って出ていってしまったとか……」

怒っているのは、まあ、そうだろうが。僕は首を振る。

「違うよ」

「ですよね。あーよかった」

「……なんか、納得の仕方に含みがないか？」

「いえ、そうだったら申し訳ないかもとは思いつつ、まさかそんな可能性はないだろうと高を括《くく》っていたと言いますか。伊織くんせんぱいに彼女いるわけない的な思いが」

「地味に結構なこと言ってるよな、灯火」

「じゃあいらっしゃるんです？」

「いないけど、いないから言っていいわけじゃ……いや、いいや。もう。なんでも」

怒る相手がいるとすれば、横でめっちゃ笑いを噛《か》み殺している遠野《とおの》くらいだ。

やっぱり聞き耳立ててんじゃねえか。いいけど。

「あれは素で嫌われてるだけだ。見てたんならお前もわかったろ？」

「……まあ、なんとなくは。というか、嫌われ者っていうの嘘《うそ》じゃなかったんですね。話盛ってると思ってました」

「別に評判悪いだけで嫌われ者とは言ってねえんだけど……」

あいつはまた特殊というか、むしろあれがデフォルトになったというか……いや。

もういいや。その辺りの微妙なニュアンスを伝えるのは面倒臭い。

「とにかく、もうこの教室までは来ないようにしてくれ。ぶっちゃけ普通に迷惑だ」

この点をなあなあにする気はなかった。僕ははっきりそう告げる。

遠野は無言だ。これは狙った。

この空気に突っ込んでくる奴《やつ》じゃないだろう。むしろ逃げたがっているはず。

「……わかりました」

果たして、灯火《とうか》は言った。さらに重ねて、

「ではその代わりに、ひとつ、わたしのお願いを聞いてください」

……そう来たか。それは考えていなかった。

まあいい。灯火の自由意志に逆らう頼みなのだ、こちらからも譲歩しなければ。

「内容によるぞ。交換条件として適当かどうかは判断させてもらう」

「……やっぱり優しいですよね、伊織《いおり》くんせんぱい。というか甘いというか、最終的にはたいていのことを『まあいいや』で流しちゃうというか」

「わかってて利用してくるんだから、お前はしたたかだよな……」

まあいいやと言うことと、まあいいやと思うことの間には大きな溝があるんだが。

……まあ、いいや。

「で、お願いってなんだよ？」

「今日の放課後、わたしとデートしてください」

僕は一度だけ天井を仰ぐ。これは予想外を突かれた気分だ。今この話を聞いてるのが、遠野だけで助かった。

視線を灯火に戻して、僕は首を縦に振った。

「わかった。今日は火曜だからな」

「なんですか、それ？」

「毎週水曜日は予定があるってだけだ。お前も、明日はちょっと遠慮してくれ」

「はあ……まあ、えっと？　それは、今日ならいいってことです、よね？」

答える代わりに肩を竦《すく》めて、パンを口に押し込んだ。

ぼうっとこちらを見ていた灯火《とうか》は、そこでなぜか噴き出すように笑い、頬《ほお》を掻《か》いた。

「やっぱり伊織《いおり》くんせんぱい、なんだかんだわたしのこと好きですよねー？」

「……否定肯定の前に、そういうこと自分で言うかね」

「いや、だって優しいって言うとなんか怒るじゃないですか。ツンデレだから。わたしも気を遣って表現を変えているわけです。むしろ感謝してほしいくらいですよ」

「今の一連の発言のどこに、なんの配慮があったってんだ」

「そんなことより伊織くんせんぱいっ！　スマホ出してください、スマホ！　連絡先とか教えてほしいですわたし！　ほら、後輩へのホットライン、手に入れるチャンスですよ！」

「ああ、わかった。わかったよ……食事中はもうちょっと静かになさいっての……」

「……なんか伊織くんせんぱい、お母さんみたいですよね……」

「――――――」わかったもう何も言わん。

ＬＩＮＥの画面だけ出して机の上に放り、僕はペットボトルの緑茶で喉を潤す。それを手に取った灯火が、窺《うかが》うように上目でこちらを見たが、僕は頷《うなず》くだけであとは任せた。

「今日は、ずいぶんと楽しそうだな、冬月《ふゆつき》先生」

相変わらず嫌に皮肉っぽい笑みを浮かべて、遠野《とおの》は僕をからかってきた。

だがそれには乗らない。というより僕は考え込んでしまう。

どうだろう。果たして僕は、この状況を楽しいと思ってしまっているのだろうか。

もしも遠野の言う通りだとするのなら、それは歓迎できなかった。

考えることが星の数ほどある。

「終わりました！　ではまた放課後、連絡しますからね？　無視しちゃダメですよっ！」

灯火の言葉に「ああ」と生返事をしつつ、僕は今後のことを考えてみた。

昼食は食べ終わっていたが、あまり腹に溜《た》まった気もしない。


そんな感じで、何ごともなくとは言わずとも、おおむねつつがなく昼食が終わる。

さすがに授業が始まれば、灯火もここにはいられない。ちらちら何かを言ってほしげに僕を窺ってくる灯火を「はよ行け」と手で追い払って、ようやく人心地ついた気分だ。

「……なあ冬月先生」

同じく、しかして別のニュアンスで手を振っていた遠野が、そこで言う。

「なんだ」

目を細めて僕は応じた。遠野は笑って、

「や、実際どうなのかと思ってな」

「……それは、どの件に関してだ？」

「そりゃ、まずは双原《ふたはら》ちゃんの件に関してだろよ」楽しそうだった。「かなり好かれてんじゃん。っても、振るなら振るでちゃんと言うべきだと思うぜ、俺はな」

「それは、お前にだけは言われたくねえな。ていうか、そういう問題じゃないんだよ」

「はあん？　外からじゃ付き合ってるようにしか見えんがな。少なくとも好かれてるのは事実だろ。見え方として、だ」

「それは……まあ、それはそうか……」

傍《はた》から見ればその通りだろう。実際にはともかく、見え方は否定のしようもない。

灯火《とうか》自身、周囲からそういうふうに見られるよう振る舞っている節がある。もちろん、本当は違うのだが、それは僕らの会話を聞いてでもいない限りわからない。

「けどな、遠野《とおの》。ほとんど話してもないのに、いきなりグイグイ来るような奴《やつ》、誰だって警戒くらいするだろ？　僕が言ってんのはそういう話だ」

「そうかね。誰もが冬月《ふゆつき》ほど、自分の感情を出すことを怖がってばっかじゃないってだけだろ」

遠野は言う。笑っているのは口許《くちもと》だけだった。

「恋愛なんてスピード勝負だしな。変に時間かけるものでもねえし、似たようなことなら俺だってするぞ？」

いや、いくら遠野でも、アプローチのために朝六時半から人の家に来ないだろう。

——それに、

「別に僕だけって話でもない。自分の感情を、その熱量を他人に向けるのは、普通は怖いものだろ。それを乗り越えるなら相応の理由があるか――それか、乗り越えてないかだ」

勇気を出して本心を言っているのか、本心ではないから言えているだけなのか。

単純に可能性を見るなら、後者のほうが高いだろう。誰だって。

「そういうもんかね……同じ小学校だったんだし、初恋だったなんてパターンもあるかもしれんぜ？　お前のほうが警戒しすぎなんじゃねえの？」

窓枠をこつこつ叩《たた》きながら遠野は呟《つぶや》く。いや、待て待て待て。

「なんで同じ小学校だったたって知ってんだ？」

「いや、俺だって同じだったし。そりゃ中学は違ったけど」

「覚えてたのかよ……」

今朝方は、さも初対面かのようにやり取りしていたくせに。

いや。というか、名前を聞いたから思い出したわけか。

「……よく覚えてたな、遠野」

「そうでもねえよ。小学生の頃の記憶なんて、ほとんどあやふやだしな」

軽く言う遠野だった。しかし、それは僕も同じだ。

あの頃、僕は灯火や遠野とどんな話をしていたのだろう。まったく思い出せない。このふたりとは中学で離れてしまったからか。中学からいっしょになった与那城《よなしろ》との思い出のほうが、確かに鮮明ではあった。こちらは今となっては、ほとんど会話もないけれど。

小中高と、全てが同じ陽星《ひせ》とだって、すでに僕は縁がないのだ。よくも悪くも、時間の流れとは実に大きい。それを埋めようと思うなら、なるほどデートもアリかもしれない。

「なあ遠野《とおの》」

とはいえ経験はほぼゼロに等しい。

ここは先達に倣っておこう、と僕は試しに遠野に問う。

「デートって、いったいどこ行きゃいいもんなんだ？」

「は？」

遠野は、なぜか馬鹿に向けるような目で僕を見て。

それから酷《ひど》くアホらしそうに、こう言った。

「……いや、知らんけど。適当にカラオケでも行ってくれば？」

3

「伊織《いおり》くんせんぱいとカラオケって、なんというか結びつきゼロですよね……」

これは選択を誤ったかもしれませんね。

受付で手渡されたドリンクバー用のグラスとカップに、それぞれ緑茶とホットココアを入れて運ぶ。灯火《とうか》に扉を開けてもらって、狭い個室のテーブルに置いた。

「いや、普通すぎて逆に超意外ですよ。女の子をカラオケに連れていく程度の甲斐性《かいしょう》は、さすがの伊織くんせんぱいにもあったんですねー」

「喧嘩《けんか》売ってる？　その程度で甲斐性も何もないでしょ……」

「いやいやいや、昨日からの自分のイメージ考えてみてくださいよ。ぜんっぜん似合ってないじゃないですか！　昔ならともかく、今の伊織くんせんぱいには！」

「………」まあ反論はできない気もするが。

部屋を取る前に言ってほしかった。先輩らしく全額出してやろうという気分が、すでに目減りし始めている。二時間後、退出時の残量が気になるところ。

通学鞄《かばん》をソファの上にポンと置いて、なぜだか楽しそうに灯火は言う。

「『デートに誘ったのはお前だろ。だったらお前が行くところを決めればいい』みたいなこと、正直絶対言うと思ってましたからね、わたし」

「そうか。今日は楽しかったな」

「ああ帰ろうとしないで！　冗談です！　架空の思い出を作らないでくださいっ!!」

立ち上がろうとしたところで、制服の裾を灯火に思いっきり掴《つか》まれる。

ほとんど縋《すが》りつくみたいな勢いで、僕は再びソファに引きずり降ろされた。そんなに楽しみにしてるなら、最初からそう言えばいいのに……。

「……別に、僕の機嫌を取れとは言わないけど。もう少しくらい考えてから喋《しゃべ》ったほうがいいと思うぞ、お前。なんだ今の。その物真似《ものまね》でいったい何がしたかったんだ」

「クオリティは悪くなかったと正直思ってます」

「論点はそこじゃない」

「だ、だってっ」ホットココアのカップを取る灯火《とうか》。「伊織《いおり》くんせんぱい、なんやかんや言って嫌がるだろうと思ってたので……こう、意外だったというか。どこ行けばせんぱい乗ってくれるかなー、とか。わたし、いろいろ考えてはいたんですけど……」

「…………」

若干の罪悪感が湧いてくる僕であった。

なるほど。道理で、放課のチャイムが鳴ると同時に即ＬＩＮＥが届いたわけだ。

『それじゃあ伊織くんせんぱい、校門のとこで待ち合わせしましょう！』

文字数を考えると、授業中から打っていた疑惑すらある。伊織くんせんぱいとしても、授業はちゃんと聞いてほしいんだけど、後輩には。

まあ、待ち合わせること自体は構わない。元からそういう約束だ。

問題は、僕が準備を済ませ、校門に向かったときに起きる。

先に待っていた灯火は開口一番、ニヤニヤとからかうような笑みを見せて。

「――では、せんぱい。エスコート、お任せしまーすっ！」

「僕が、行き先を決めるのか」

「とーぜんっ！　いいですか？　これはデートなんですよ、伊織くんせんぱい。ちゃんと男の子が考えてくれてこそ、デートとして成立するってものなんです。でしょう!?」

「じゃ、駅近のカラオケにでも行ってみるか」

「ほうほう、なるほ――どぅえへっ!?　せんぱいが即答っ!?」

灯火は本気で驚いて目を円くしていた。

それはそれで釈然としないが、不意を打てたなら狙い通りだ。

どうせそんなことだろう、と僕は思っていた。

ともあれ。

「それで僕に行き先を決めさせたのか？」

「うっ……だってせんぱい、どこなら楽しいのかわかりませんしっ。ならわたしが決めるより、いっそせんぱいが行きたいとこ決めるほうがいいかなって思ったので……」

それで出た台詞《せりふ》が『エスコート、お任せしまーすっ！』だというなら、なんというか、
灯火も大概、不器用だった。

うー、となんだか恥ずかしそうに呻《うめ》いてから、ココアを啜《すす》る灯火。

「……僕は灯火がこういうとこ好きかなって思って、カラオケにしたんだけど」

雑に遠野《とおの》に言われたから、というだけで雑に選んだわけじゃない。僕はきちんと、女子

高生ならカラオケとか好きだろ知らんけど、と思って選んでいる。じゃあ雑だわ……。

いや、だって、わからないし。どこに行けば灯火《とうか》は楽しんでくれるものか。

「………」

と。なぜか灯火は、きょとんと目を円くしてこちらを見ていた。

「……何その顔？」

訊《たず》ねた僕に、灯火はわたわた手を振って。

「あ、いえ！　なんでも……ない、ですけど……」

「なんでもない態度じゃなかったでしょ今」

「……いやその。まさか、わたしのために選んでくれてたとは思わず……、えへへ」

ちょっと嬉《うれ》しそうにはにかまれてしまうと、僕としても言葉がない。

こっちが気恥ずかしくなってくる。なんだろうな。変に小悪魔ぶらないでいたほうが、絶対かわいいと思うんだけどな、灯火は。

いや、下手にかわいくなられるよりはいいのかもしれない。絆《ほだ》されないように。

「まあでも、それでカラオケってセレクトはちょっと的を外してますが。普段来ないので」

「うん、そういうとこ。安心するわ。ありがとう灯火」

「なぜお礼!?」

ところどころ残念であってくれるところに、かなあ……。

「ていうか考えてみれば、灯火のために選ぶとは思ってなかったたって発言の時点で、結構失礼だったよな……デートって前提なら、こっちもちょっとくらい気は遣うよ」

「いやいやいやいや！　だって、わたしが教室行くだけであんなに嫌そうにしてたのにっ！　言っときますけどわたしめっちゃ心弱いんですからね！　あれかなり傷つきますよっ!!」

「時と場合ってものがあるでしょ。教室で目立つのが嫌なんだよ、僕は。確実に反感しか買わないってわかりきってんだから。ったく、本当に巻き込まれても知らんからな……」

「ぐ……」なぜか灯火は呻《うめ》いた。「ま、またそーやって！　わたしを悪評に巻き込まないためにあえてー、みたいなデレ方してくる！　そういうのズルいと思うんですけどっ！」

灯火は映画版のジャイアンとか好きそうだなあ、と思った。

チョロすぎるでしょ。弄《いじ》るのは下手なのに弄り甲斐《がい》はある奴《やつ》だな。

「安心しろよ。理由の九割は単純に面倒臭いってほうで合ってるから」

「あーならよかったー、とはならねえ――っ！　それとこれとは話が違いますっ!!」

「お前、なかなか面倒臭いよな……」

こいつはいったい、なんのために僕をデートに誘ったのかという話だ。

何か目的があるんじゃなかったのか。これじゃ本当に遊びにきたようにしか見えない。

いや。別に、それならそれで構わないというか、むしろそのほうがいいのだが。

「さて……カラオケなんて何年振りかな。最後に来たのは中二くらい、か？」

僕は呟《つぶや》いた。となると、もう三年近く来ていないことになる。

いっしょに行くような友人がいないし、ひとりで行こうと思うほどでもない。

「……お姉ちゃんといっしょに来たりとかは、しなかったんですか?」

と、こくりと首を傾《かし》げた灯火《とうか》に、そう問われる。僕は頷《うなず》いて、

「いやまあ、小学生だったたし。中学は別れちゃったから、友達とカラオケとか行くようになった頃には……って感じだな。つっても、よく歌ってたことは覚えてるけど」

——ヘイ、伊織《いおり》くん! 今日もいっしょに遊ぼうぜっ!

なんて、よく連れ回されたことを覚えている。僕から誘うことも多かったけれど。

「どっちかっつーと外を飛び回ってることのほうが多かったな、僕と流希《りゅうき》は」

「へえ。——そですか」

ほんの一瞬。灯火の声音が、一段冷えたのを僕は感じた。

朝に押しかけてきたときとは違う。その前日の夜、七河《ななかわ》公園の丘で出会ったときのような——あるいはもっと以前、まだ小学生の頃を思い起こさせるような。そんな雰囲気。

なんとなく、乾いた暗さを思わせる。

そちらが——かつての灯火が、彼女の本来であるのなら——やはり僕と再会してからのキャラクターは本当ではないのだと思う。事実、どこか作り物めいている。

いや、それはそれとして、素の表情らしきものも割とぽろぽろ零《こぼ》れてはいるのだが。

「……まあ、せっかく来たんだ。なんでも好きに歌ってくれ」

結局、どうすべきか迷った挙句に、僕はそう流した。

すると灯火は目を細めて。

「いや、なんですかその投げっぷりは。エスコートしてくれる約束では？」

「……え？　いや、だから連れてきただろ」

「そんだけ!?　えっ、それで終わりですか？　まじですか」

大仰に遺憾の意を示されてしまう。

そ、そんなにおかしなこと言ったかな……。

「連れてきてポイはさすがに酷《ひど》いと思うんですけど。その辺どうですか、せんぱいは？」

「いや。でもだな、灯火」

「なんですか。わたしは結構、期待に胸を膨らませていますよ」

「カラオケでエスコートしろって言われてもだ。いったい何をすればいいんだよ」

「だから、それを考えるのがエスコートってものでしょう？　かわいい小悪魔系後輩を、精いっぱい楽しませてあげようという気概が見たいわけですよ、わたしは」

小悪魔気取りはもう諦めてほしかったが、しかし確かに言う通りでもある。

デートを受けたのは僕だ。なら、少なくとも灯火を最低限、満足させる義務が発生することになる。それができないなら断るべきで、受けた以上は努力すべきだ。当然。

しかし、カラオケの経験自体が少ない僕に、果たして何ができるものやら。

僕は辺りを見渡して、何か使えるものがないかを探した。

と、ちょうどディスプレイが置かれている台の下に、起死回生のアイテムを発見する。

これだ。これしかない、というか思いつかない。

僕は立ち上がると、灯火《とうか》に向けて言った。

「よし、灯火。まずは一曲入れろ。僕が全力で盛り上げてやる。任せろ」

「え。な、なんなんですか、その急な気合いは……？」

「いいから、ほら早く。こうしてる間にも時間は過ぎていくんだ、もったいないぞ」

「はあ……じゃあ、まあ、お先に失礼しますが」

灯火は不審そうに首を傾《かし》げながらも、機械を操作して一曲、予約を入れる。

どうやら、どっかのグループのアイドルソングらしい。僕は詳しくなかったが、運よく聞き覚えはあった。少しでも知っている曲なら、まだやりやすかろう。

流れる前奏。その隙に、さきほど見つけたアイテムを自分の手に装備する。

「あの、伊織《いおり》くんせんぱい？　いったい何を――――…………は？」

こちらに気づいた灯火が、目を真ん丸にして絶句した。

いや、それはそれで失礼な気がするが。おろおろしながら、灯火が問う。

「えと、あの……いや何してんですか、伊織くんせんぱい？」

「見ての通り。僕はタンバリンを構えている」

「僕はタンバリンを構えている」

なぜか復唱する灯火。

え、いや、おかしくないよな？　だって部屋に置いてあるんだし。

そうこうしているうちに歌詞が表示され始めた。

「ほら、始まったぞ。歌え歌え！」

「え？　あの……ええっ!?」

タンバリンなんて触るのすら初めてだが、振って鳴らすくらいは僕でもできるだろう。

狼狽《うろた》えた様子の灯火。しかし、曲の歌詞が始まってしまった以上、慌てながらマイクを構えて歌い出すしかなかった。

「えと──『どうして　あなたは　冷たいの♪』──」

僕はタンバリンを鳴らした。

「しゃん」

「──ごぶはっ!?」

「灯火!?」

なぜか自分の額をマイクに直撃させる灯火。

ごぉん、と音が響き渡った。

「……おい。何してんだ、灯火《とうか》?」

「いやそれこっちの台詞《せりふ》なんですけどぉ!?」

マイク越しに叫ぶ灯火。

なぜだ。解せない。僕は何も間違っていないはずだ。

「なんで急にタンバリン!?」

「いや。急にも何も、最初に言っただろ? 任せろって」

「何を!?」

「僕が全力で盛り上げてやるって」

「ぼくがぜんりょくでもりあげてやる」

「ゆえのタンバリンだ」

「ゆえのたんばりん」

「合いの手を入れるってヤツだよ」

「あいのてを」

「なんだよ。違うのか?」

「いやちがうというか」

「ああ。それとも、あれか?」

「あれって」

「もしかして――マラカスのほうがよかったか？」

「……………………………………………………………ぶっふぇっ！」

灯火がむせた。

「あ、は……、ひっ、な、何それ……っ、あは、あははははっ、ふっ、あはははははっ!!」

室内に流れるポップな音楽より、大きく響く笑い声。

これは、さては盛り上げることに成功したか――とはさすがに僕も思えない。

「……そんなに笑うほど変なことを言ったのか、僕は」

「だっ、だってっ、そ――ひ、だめ、喋《しゃべ》れなっ、あ、おなか、おなかいたい……っ。せ、せんぱっ……タンバリン、も、似合わな、すぎっ……あはははははっ！」

「いや……さすがに僕だって、タンバリンくらいは鳴らせるぞ」

しゃん、ともう一度、タンバリンを振る。

――灯火はもはや笑うを通り越して呼吸困難に陥った。

「あっ、や――やめ、だめ、鳴らさなっ、あっ、ひひへへっ――も、もぉむりっ！　もうやめてくださ、あはははははは、ひっ、あはははははははっ！」

「…………」

なんとなくイラっときたので、僕はもう一度、タンバリンをしゃんと鳴らした。

「あ――っ!!　も、や――――ひ、あ――、っ――――にゃやっ!!」

灯火《とうか》は完全にソファへ顔を埋《うず》め、自分の鞄《かばん》をバンバンバンバン叩《たた》いている。

「灯火」

「ひ、ま、待って、やめっ、待ってくださっ、むりっ！　これいじょ、わら、やあ……っ」

「…………お前が叩いてるのはタンバリンじゃないぞ」

「――！　っ、――!!　――、――、――っ、ぁ――！」

「痛《いて》え痛え、やめろ、叩くな、叩くな僕を。こっちも違う」

「〜〜〜〜〜〜〜〜〜〜っ!!」

「痛《い》ったい！　わかった、わかったから。黙る、黙るからもう、なんだお前、力強っ！」

目尻に涙を湛《たた》えた灯火は、もう顔を真っ赤にして僕を叩きまくった。

ベシベシベシ打撃を浴びながら、灯火の復活まで待つ僕。これ客観視したくない。

「も、ほんとっ、さいあくですから……っ！　なんで笑わすんですかあっ！」

しばらく待っていると、なんとか呼吸の仕方を思い出した灯火が、僕に言った。

いや、別にそんなの想定してないんだよなあ。僕はただ場を盛り上げたい一心でさあ。

「笑わせるつもりなかったんですけど……」

「じゃあどんなつもりでいきなりタンバリン持ったんですかっ！」

「いや、だから、お前がエスコートしろっつーから」

「それで、タ、タンバリンって……ほんと、どんな発想ですか。意味不明ですよ、もぉ」

涙を拭いながら、呼吸をなんとか落ち着けて言う灯火《とうか》。

僕も、部屋にあった備品を使っただけでここまで言われる理由が意味不明だ。

「そこまで言うか？　使うから置いてあるんじゃないのかよ……」

「や、それはそうですけど、状況とかあるじゃないですか。しかもせんぱい、ま、真顔で構えるんですもん。も、めっちゃ無！　無表情！　あんなの笑うに決まっ……、くふっ」

「まだ笑い足りないってか……」

「全部せんぱいのせいなんですけどおっ!?　……ほんとに、あんなの卑怯《ひきょう》ですよ」

「………」

はー、と深呼吸して、鼓動を落ち着けていく灯火の姿。

息を吸って、それから大きく吐き出して。後半はほとんど溜息《ためいき》だった。

「伊織《いおり》くんせんぱいって結構、ぽんこつなとこありますよねー」

「……まあ、別にいいけど。なんでも」

「いや不服そうにする権利とかありませんから。あんなの誰だって笑いますから、絶対。てか、いいじゃないですか、ウケは取れたんですし。本当、最高のモノボケでしたよ」

「偉そうに。つーか本来の使い方しかしてねえよ。正しいタンバリンの用途だっただろ」

「……、くふっ。すみません、まだちょっと残ってるので、今せんぱいに格好つけられると耐えらんないです――ぷふっ」

「お前、調子に乗るなよ」

「きゃーっ！」

何を言われても嬉《うれ》しそうな灯火だった。

これで機嫌が取れたなら、もうそれでいいと思っておこう。

「はー、面白かったっ！　さて！　伊織くんせんぱい渾身《こんしん》のボケに免じて、これで許してあげることにしますね。まあ、思ってたのとはだいぶ違いますけどー」

「あ、そ。そりゃどうも」

「いやいや、だからって終わった顔しないでくださいよ、もう！　ちゃんと自分で言った通り、タンバリンで盛り上げてもらいますからねっ！」

「ええ？　あんだけ笑っといて……」

「だから、それだけ面白かったってことです。真顔タンバリン行きましょう！」

「んなこと言われてやるわけねえだろ――あ、おい！」

「曲は続いてますし！　二番から再開しましょうよ、せんぱい！　ささ、いっしょに盛り上がっていきましょーっ！」

「……はあ」

どれほど溜息を零《こぼ》そうと、灯火が止まったりはしない。

勉強料だと思って、甘んじて支払うほかないだろう。

——そうして僕らは約二時間、ふたりで盛り上がるのだった。

「しゃん」

「ぶっはやっぱ無理これっ！」

## 4

「いやあ、盛り上がっちゃいましたねえ、伊織《いおり》くんせんぱいっ！」

店の入口を出たところで、灯火《とうか》が伸びをしながら言った。

もうとっくに暗くなり始めている。こういうのも久し振りだ、と僕は黄昏《たそがれ》色を仰ぐ。

「……そうだな。カラオケがこんなにカロリーを使うとは知らなかった……」

「手、震えてません？　おもしろーい」

「あれだけ楽器を使わせておいて、よく言うよ……」

「伊織くんせんぱいが真顔でマラカス振ってるのが面白すぎるからいけないんですよ！

カスタネットも、カポカポ叩《たた》いてるザマに、なかなかクるものがありましたし！」

「ザマっつったぞ、こいつ……楽器鳴らしてただけでそこまで言うか？」

「まあ、それでもタンバリンがやっぱり今日一でしたね！　ね、ね、伊織くんせんぱい！

次に来るときはコスプレとか借りましょうよ！　メイドとか絶対似合うと思うんですっ」

「────────」

「う、わ……や、やだなあ、伊織くんせんぱい。目がこわーい……」

笑い者になるなど二度と御免だ。

今日はあくまで《デート》という前提があったから、甘んじて受けたに過ぎない。僕は僕の、エスコートをするという約束を、ただ果たしただけなのだ。

ところで、エスコートという言葉のスマートさに反して、僕はただ笑われまくっただけという気がするのだが、これはなぜだろう。こんなに格好悪いものなのか？

「……太陽が、隠れちゃいますね」

小さく、灯火は呟《つぶや》いた。

夏前とはいえ、もうすぐ陽《ひ》も完全に沈む時間だ。灯火がぶるりと肩を震わせていた。

「そういえば、寒がりなんだったか」

と、そう言った僕に、灯火はなぜか数秒黙ったあと。

「いえ？　わたしはむしろ暑がりです」

この前と言っていることが違う。

「あー、あっついなー。あつーい」

制服の胸元をぱたぱたさせながら、隣の灯火はこちらを斜めに見上げてくる。

何かのアピールなのだろうか。僕が無言を保ち続けると、灯火もすぐにそれをやめた。

「……やっぱり、伊織《いおり》くんせんぱいには効きませんか」

「なんの話だよ？」

「いえ？　……まあ、胸元アピールというか」

「訊《き》かなきゃよかったよ」

ふと、僕は流希《りゅうき》が暑がりだったことを思い出した。

小学生当時は気にも留《と》めなかったが、ときどき際どい格好もしていた気がする。

逆に妹のほうは、いろいろ姉とは反対の部分が多い気がした。その割に妙に話しやすく感じるのは、その振る舞いがどこか姉を想起させるから——かもしれない。

「寒がりと言いますか。わたしは、あったかいものが大好きなんです」

灯火《とうか》は呟《つぶや》く。だとしたら、僕のことは好きではないだろうに。

そう思ったが、それを口にはしなかった。灯火はほう、と息を吐く。

「だから、わたしはあんまり、夜が好きじゃないんですよね」

「……近くまでなら送っていくぞ。流希の……お前らの家の場所なら覚えてる」

「そこそこ距離あると思いますけど？　あはは。てか、別に気を遣わなくていいですよ」

「昨日、さんざ説教した手前な。僕が理由で暗い中を帰らせるのも悪い」

「いろいろ理由つけても、結局優しい伊織くんせんぱいなのでしたーって感じです」

そんなつもりはない。僕はただ、僕の責任を果たしたいだけだ。

親友だった幼馴染《おさななじ》みの妹に、融通を利かせるくらいはする。

「……知ってるだろ。夜は悪いことをしていい時間なんだって話」

だから僕はそう言った。

昼間っから悪戯《いたずら》っ子《こ》だった、かつての幼馴染みの言葉。

「お天道様が見てませんからね。いや、だからって悪いことしたらダメだと思いますけど」

「その通りだな」

「まあお姉ちゃんは、あえてお天道様に見せてたんだと思いますけど」

それも、僕は知っていた。本人から聞いたのを覚えている。

――だから僕は、確認するのが怖かった。

僕が、それを怠ってきたからだ。自分のことだけに精いっぱいで、流希《りゅうき》が今、何をしているのか、どこでどんなふうに暮らしているのかを、一度だって確かめはしなかった。

友達であった、はずなのに。

「……僕から見ても、元気な奴《やつ》だったよ」

「元気すぎて、困っちゃうくらいでしたもん」

灯火《とうか》の姉、双原《ふたはら》流希は、冬月《ふゆつき》伊織《いおり》にとって初めてできた友達である。

いや、それこそ物心がつくかどうかの頃、もう覚えていない友人も何人かいただろう。

ただ認識の上では、少なくとも流希が最初の友達だった。

初めて会ったのは小学校一年生。

当時のことは正直ほとんど覚えていない。六歳の頃の記憶をしっかり持っているほうが稀有《けう》だろうが。思い出せるのはイメージが大半で、欠けた記憶は断片しか残っていない。

それでも、初対面のときのことだけは、今もはっきり記憶していた。

「森があったの、覚えてるか？」

「はい？　え、森ですか？」

突然の僕の言葉に、灯火は目を白黒とさせる。

「小学校の、校舎のすぐ裏手側だ。今はもう切り拓《ひら》かれて家が建ってる」

「ああ、ありましたね。よく男子が遊び場にしてた森が」

本当は私有地だろうから、入ってはいけない場所だったかもしれない。

今思い返せば、おそらく黙認というか、開放してもらっていたのだと思う。

「流希とは、あそこで会ったんだ。入学式の日だった」

「お姉ちゃんと……」

「式が終わって帰る前に、しれっと抜け出したんだよな、僕。ひとりで。両親は知らない誰か別の保護者の人と話してたから、今がチャンスだとか思って。森に行ったんだ」

「い、意外とやんちゃなことしますね……あ、でも考えてみれば別に意外でもないかも」

ぽつりと納得したような灯火。彼女はこちらを見上げて、

「昔はなんというか、結構ぐいぐい系でしたよね。なんでこんなふうに……」

「……そういう灯火《とうか》だって、昔はもうちょっと大人しくてお淑《しと》やかな女の子だったのにな」

「そ、それはいいじゃないですかっ！　そんなことより、お話の続きをしてください」

むくれる後輩は、割とかわいらしい気がした。だから気づかないことにした。

「続きなんてほとんどないよ。僕は森を見てみたくてこっそり抜け出した。そこで流希《りゅうき》に会った。それだけだ。それが初対面だったことだけは覚えてる」

森、なんて表現は実は似合わない。こぢんまりとした雑木林があっただけだ。いちばん奥からでも外が見える、子どもの足でも簡単に制覇できる程度の、ちょっとした遊び場。

それでも、六歳の僕にとっては盛大な冒険の舞台だった。

だから、なのだと思う。自分と同じことを考え、同じように抜け出してきたライバルの存在が、最初はかなり気に喰《く》わなかった。初対面で喧嘩《けんか》になったことが懐かしい。

「どんな話をしたんですか？」

「どっちが先に森に入るかで言い争いになった。お互い譲らなかったからな」

「……お姉ちゃんらしい」

——ここはぼくが見つけた森だ！　だからぼくが先に入る！

——違うよ、先に来たのはこっちだよ！　あとにしてよっ！

まさしく小学生らしい、どうでもいい諍《いさか》いだった。

「で結局、そうこうしてるうちにお互い親に見つかってな。そのまま連れ戻されて、僕も流希も、森に入ることすらできないまま帰ったわけだ」

「あ、そうなんですか。伊織《いおり》くんせんぱい、よくそんなこと覚えてましたね」

　確かに、それだけなら覚えていなかったもしれないが。

「……その次の日、だったかな。今度こそ森を冒険しようと向かってみたところで」

「また、お姉ちゃんに会った……と」

「そういうこと。んで、一回ふたりで邪魔されたからだろうな。今度は仲間意識みたいなものが芽生えてて、ふたりでそのまま森で遊んだ。仲よくなった――そういうオチだよ」

「そっか。そうだったんですねー……はー、初めて聞きました……」

「他人に言ったことないし」僕は言う。「流希だって覚えてるか怪しいし。僕はたまたま覚えてたけどな。でも印象の話をするんなら、もっと強いものがいくらでもあった」

「あっちこっち駆け回ってたみたいですもんねー。伊織くんせんぱいと、お姉ちゃんは」

「三、四年になる頃には、グループっぽいものも固定化されてたしな」

　だいたい似たような連中とばかり遊ぶようになって。

　違う奴《やつ》らとつるみ始める頃には、元の連中とは気づかないうちに疎遠になっていく。

　そういうものだった。

　そういうものであるというだけのことに、感想など持つべきじゃない。

「でもまあ、流希《りゅうき》は家に帰るのは早かったんだよな。いつも」

「……そうでしたっけ」

「元気そうに見えて、あんま体力なかったのもあるけど。でも言ってたぞ、流希。いつも。灯火《とうか》が寂しがるから早く帰るんだ、って」

「なんですかー、それ？」

灯火は言う。わずかに呆《あき》れたような口調だった。

「だからわたしも早く帰れ、って繋《つな》げようとしてるんですか？　遠回りするものですね」

「別に、そんなつもりはなかったけど。でも、そういうことにしてもいい」

年上ってのは、ウザくて面倒臭いことを言うのが役目みたいなところもあろう。

灯火は、流希の妹だ。大事な友達の大事な妹なのだ。それ相応の気は僕だって回す。

「……まったく。デート中に早く帰れとか言う男がいますかねっ。普通ならむしろ、引き延ばそうとがんばるところでしょう？　伊織《いおり》くんせんぱいには熱意が足りませんよ！」

ぷんすか怒って見せる灯火。その姿はどこか大仰に見えた。演技臭い。

「あるわけないだろ、熱意なんて。僕に」

「……今日、伊織くんせんぱいはやっぱり楽しくなかった、ですか？」

灯火はこちらを見上げて訊《たず》ねてきた。これは本当に、どこか不安そうに見える。

否定は、しづらい。楽しくなかったと言えば、たぶん嘘《うそ》になる。

だけど肯定もできない。

僕の感情は、氷点下に保たれていなければならない。最低限、表面上は。

「むしろ僕はお前に訊《き》きたい。灯火、お前は楽しかったのか？」

だから僕は、卑劣な言い回しで回答を拒否した。

いずれにせよ訊くべきことだ。

「わたしは、とっても楽しかったですよ。こんなに楽しかったのは久し振りです」

灯火は答える。ごく普通に。

「そうか。灯火の気が済んだなら、それでいいが」

「済んでませんよ、何言ってんですか！　一回じゃわたし、満足できませんからねっ!?」

「約束は今日一回のはずだろ？」

「い、いや……そこは『僕も楽しかった』とか言ってデレるところじゃないんですか？」

「……お前さ、何が目的なんだ？　ただ僕を遊びに連れ出す意味がわからない」

仮に。もし仮に灯火が僕のことを好きなのだとしたら。

告白なりなんなり、してもいいはずだろう。だが灯火は決定的なことを口にしていない。

僕だって、何も自分の一方的な考えだけで他人の内心を推し量る気はない。その意味で僕は灯火に訊いているのだ。いったい何が目的なのかと。

「……では。伊織くんせんぱいは、ひと目惚《めぼ》れって信じますか？」

灯火《とうか》は地面を見つめながら、小さく漏らすように言った。

「人によっては、まあするんじゃないのか」

「自分はしたことがない、と……想像してた中でいちばん面白くない答えですね」

「笑いを取らなきゃいけなかったとは気づかなかった」

「できますよ、伊織《いおり》くんせんぱいなら。タンバリンとか持てば」

「ただの皮肉だよ、拾うな」

かぶりを振る。灯火は苦笑するように肩を揺らして。

「わたし、お姉ちゃんに似てますよね？」

「え？　あ——ああ、まあ、そりゃ姉妹だしな」

急な話の方向転換に、少し狼狽《うろた》えた。

実際、顔はよく似ている。丘で会ったときは流希《りゅうき》のほうかと思ったほどだ。

僕は小学生の頃までの流希しか知らないけれど。それでも、あのまま育てば今の灯火のようになっただろう。そう確信できるほどには、流希を彷彿《ほうふつ》とさせる。

いや。それでも違うということもわかる。似ているとは結局、異なるということだ。

それでも流希を思わせるのは、灯火の外見ではなく、むしろ態度のほうで——。

「だから結構、見た目は悪くないと思うんですよ。それなりにはかわいいんじゃないかと思うわけですね。伊織くんせんぱいの好みを、割と突いているのではないかと」

続く言葉に思わず閉口した。

こちらへ近づいてくる灯火。その温度を、どうしても意識するほどの距離。

「どうですか。伊織くんせんぱいは、わたしを彼女にしたいとか思いませんか。こうしていっしょにいて、ドキドキしたりしないですか……？」

潤んだ瞳が僕を見上げていた。ほんのりと頬《ほお》が朱に染まった、灯火の表情は色っぽい。

きゅっと、片方の袖を灯火に掴《つか》まれる。縋《すが》るような、弱々しい力だった。

僕は。

「しなくはないけどな。しなくはないって程度だ」

それでも、僕はそう答える。無理に否定するより、認めた上で逸《そ》らすように。

灯火はわずかに息を吐き、肩を落とした。

「……はーあ。やっぱりわたしじゃダメですかね……それもそうか」

「お前、本当に何がしたいんだよ……」

「そりゃ、わたしも高校生ですし。彼氏くらい欲しいと思って当然じゃないですか。結構アピールしてるつもりなんですけどねー。伊織くんせんぱいがガード固すぎなんですよ」

実は揺らぎまくっているのだが、それは隠しおおせているらしい。安心する情報だ。

実際、灯火の好意は明け透けでわかりやすい。もし本当に僕が嫌いなら、彼女はそれを隠すことができないだろう。態度のどこかに、灯火はきっと本心を滲《にじ》ませてしまう。

感情を隠すことの難しさを、僕はよく知っている。

「伊織《いおり》くんせんぱいは、こういうのがお好みだと踏んだのですが。ぜんぜんでした」

「……こういうのってなんだよ？」

「あっけらかんと明るい系がお好みなのかなー、と。でも後輩なので、アドリブで小悪魔入れてみたりして。アレンジ的な？　まさかここまで通じないとは予想外です……ふっ」

乾いた笑いであった。

いや、だってお前の小悪魔系、まったく徹底できてないんだもん……。

「わたしだって、そりゃお姉ちゃんほど魅力はないってわかってますけどね。だからってここまで響かないとは思わないじゃないですか。男子なんてちょっとあざとく振る舞ってみせれば簡単に落とせるって、中学のときクラスの子が言ってたんですけどね……なぜ」

「いや……それは一面の真実ではあるけど、同時に偏った意見でもあるというかね？」

「いえ、いいんです。すみませんでした……わたしが調子乗ってました……」

どうしよう。灯火《とうか》の自信を失わせちゃったんですけど……。

いや、かわいいんだよ。灯火って結構、男子から人気あるとは思うんだよ。ただそれを僕が表沙汰にするわけにはいかないって話であって、いや、……どうしたもんかなコレ。

「まあその、なんだ。そういうのが好きって奴《やつ》もいると思うぞ、僕は。うん」

ちょっと迷って、僕はフォローを入れてみた。

灯火は死んだ表情で僕を見上げて、

「いや、伊織くんせんぱいに通じてないなら意味ないんですけど。トドメなんですけど」

「……ごめんて」

フォローのつもりが追い討ちを喰《く》らわせてしまった。

「いいんです。わたしじゃせんぱいをドキドキさせられないと、わかっただけで収穫です」

「……そんなに彼氏欲しいのか？」

「――。伊織くんせんぱいってもしかしてアホですか？」

灯火は僕を、ゴミを見るタイプの目で突き刺《さ》した。

いや、誰でもいいなら別に僕じゃなくてもいいと思っただけなんだが……悪かったよ。

「あのですね。言っときますけど、わたし、ほんとは男の子とかそんなに得意じゃないんですからね？　伊織くんせんぱいが相手じゃなきゃ、いっしょに出かけるとか無理です」

「え。でもさっきの様子だと、結構デートとか慣れてるんじゃないの？」

「いや行ったことないですから。初めてですから。わたし、めっちゃ緊張してましたから」

「――、馬鹿な」

そ、そういうことは先に言っておけよ……。

ええ、めっちゃ申し訳ないじゃん。初デートが僕とか、お前、それ、……どうしよ。

いやでも、あの小悪魔できなさ加減を思えば、気づくべきだったのだろうか。

「……てっきり、それなりに男慣れしてるもんかと。いきなり家来るし、軽く誘うし」

「いや、してませんから、失礼な！　男友達すらいないレベルです」

「マジかー……」

「……男の人って手とか大きいですよね。普段ぜんぜん見ないので、なんか新鮮です」

灯火《とうか》が、僕の袖を持つ手をそのまま掌《てのひら》へと移した。

にぎにぎと、妙に興味深そうに僕の手をいじくる灯火。……何これ恥っず。

「伊織《いおり》くんせんぱい、手はあったかいですよねー。心が冷たいからなのかな……？」

「────」こういうことは素でやるわけ？

やっぱ実は慣れてんじゃないの？　平気でボディタッチしてくるじゃん。怖い。

「も、もういいだろ。ほら、離れとけ」

僕は顔を背けて灯火の手から逃れてみる。

小さく柔らかな手で、掌を撫《な》で回されているのに耐えられなくなった。

「ああ……カイロ」

ぼそっと、名残惜しそうに呟《つぶや》く灯火だった。──いやカイロて。今カイロって言った？

嘘《うそ》だろ。こいつ本気で僕の手のこと、暖を取るための器具だと認識してたのかよ。少し気恥ずかしがってた僕がひとりでただただ間抜けじゃん……。

「ったく、ちぐはぐだな。さっきまで平然と個室にふたりきりでいたくせに……」

僕は顔を背けながら言う。まっすぐ顔を向けられなかった。

「――へ？」

しかし。僕のそんな逃げに、灯火はなぜか目を見開く。

「……灯火？」

「え、あ、……そ、そうですよね。そうでしたね……あははは」

「……おい？」

「はひっ!?」

びくりと手を跳ねさせる灯火。軽く握られた両手が顔の横に来る。耳が真っ赤だった。

このまま仰向《あおむ》けになれば本当に犬だなあ。なんて思いながら、僕は突っ込む。

「……お前、まさか……」

「な、なな、なんですかっ!?　てててか今思ったんですけど近くないですか距離っ」

「近づいてきたのはお前だけどな」

「ですよね!?」

「それより。まさかお前、今さらふたりっきりだったこと思い出して照れてんのか？」

「は、はあ――!?　ぜーんぜん違いますけどぉ!?　あんなのちょー余裕ですしー!?」

ぐい、と身を乗り出してきた灯火が、余裕を示そうと僕の袖をまた掴《つか》む。

この子はさあ……本当にもう。

「灯火《とうか》」

「なんですか⁉」

「近い」

「ひゃやわぁいっ⁉」

パッと手を放して、灯火がよろめいた。掴《つか》むところのない手が、わたわたと空を泳いでいる。転びそうで危なかったため、僕は今度は自分から灯火の手首を取った。

「――わふんっ⁉」

「おい、落ち着け。危ねえ」

「く……、や、やりますねせんぱい……っ！」

「いやもう誤魔化《ごまか》すの無理があるでしょ」

勢いだけで動きすぎなのだ、灯火は。あたふた忙《せわ》しない、まだ幼い仔犬《こいぬ》のような奴《やつ》だ。

ただまあ確かに、あまり男に慣れていないというのは本当らしかった。なるほど。

「せ、せんぱいこそ、なんか女子慣れしてませんかね……っ。釈然としません、なんか！」

「なあ、灯火」

「な、なんですかっ。まだからかうつもりですかっ！」

ぎょっとしてウルトラマンみたいなポーズで身構える灯火に、僕は。

「はい」

「……え？　なんですか？」

掌《てのひら》を上に向けて右手を差し出した。それ以上は何もしないし、何も言わない。

灯火は首を傾《かし》げ、それから上目遣いに僕の顔を見た。意味を考えているらしい。

それでも僕は黙り続けた。この状況で、灯火がどのように出るか見てみたかったから。

「えー……、と？」

やがて、灯火は自分の右手を軽く握った状態で、そっと僕の手の上に乗せた。

……乗せちゃったよ本当に……お手しちゃったよ、この子。何も言ってないのに……。

「こ、こうですか？　あれ？　何か間違えてますか、わたし？　伊織《いおり》くんせんぱい？」

てしてし、と何かをアピールするみたいに、右手を上げたり下げたりする灯火。ふに、とした柔らかで女の子らしい小さな手の感触なのに――ダメだ、犬にしか思えない。

もうこれ以上は耐え切れない。何かを耐えられない。僕は腕を下ろした。

「……まさか、本当にするとは……」

「え――あ、ああっ!!　謀りましたね!?　トラップとかずるいんですけどっ！」

僕は何も言ってないんだよなあ。

完全に自分からしたんだよなあ。

「いいじゃん、なんか、わんこって感じで。そのほうがよっぽどかわいらしいだろ」

「うぇ!?　む――ぐ、ぬ……っ。ばかにしてぇ……！」

むくれる灯火《とうか》。もう本当に小悪魔云々《うんぬん》は忘れたほうがいい。

攻めてきては反撃に遭って照れる様子が、ボール遊びを思わせた。もし「取ってこーい」と言って何か投げたら、灯火はどうするだろう。取ってきちゃいそうな気がして怖い。

「……はあ。そろそろ帰るぞ、ほら。ついて来い」

もうそこそこいい時間だ。

お天道様がいるうちに、いい子にお家《うち》に帰っておこう。

「あれ。せんぱいのお家、こっちじゃないですよね？」

灯火の言葉に、軽く肩を竦《すく》めて。

「一応、デートだからな。家の近くまでは送ってやるよ。エスコートしてほしいんだろ」

「むぅ」

その言葉に、灯火は肩を縮こまらせて。

拗《す》ねたみたいに不平を言う。

「そういう、上げたり下げたりがズルいですよね、伊織《いおり》くんせんぱいは……」

僕は取り合わずに歩き出す。どうせ灯火は、言わなくても後ろをついて来るだろう。

現に、ふと零《こぼ》れたような言葉が、僕の背中に追いついてきた。

「やっぱり、わたしじゃ……ダメなんだなあ」

# 第三章『取り返しのつかない過去』

## 1

「おはようございます、伊織《いおり》くんせんぱい！　いっしょに学校へ行きましょうっ！」

明くる水曜日も、灯火《とうか》は朝から僕の家までやって来た。

結局、この《明るくって悪戯《いたずら》っぽい後輩》ムーヴをやめるつもりはないらしい。

両親の朝が早くてよかった。灯火が来る頃には、もう通勤に出ているから。もし朝から後輩に迎えに来させている（させてない）なんて知られたら、まあ面白くはない。

とはいえ、二日目ともなれば僕も慣れる、というか対処も考えてある。灯火が来るより前に、ひと通りの身支度は済ませておき、チャイムが鳴ると同時に家を出た。

「今日は家に入れてくれないつもりですね……むむっ。昨日は見られなかった伊織くんせんぱいの自室を、今日は見せてもらうつもりだったのに……」

「許可が出る前提で予定を立ててるな。僕が部屋にまで上げてやると本気で思うのか？」

「ちっちっち、伊織くんせんぱいこそ甘いですね。このわたしが、許可を貰《もら》えない程度のことで諦めるとお思いですか？　狙った獲物は逃がさないのが灯火ちゃんですよ？」

とんでもないことを当たり前みたいに言わないでほしい。

こういうところは厚かましいのにな。昨日は奢《おご》ってやろうとしたら強く遠慮された。なんというか、気の遣いどころを間違っている。

「男の子の部屋に入って、やってみたいことがあるんですよね、わたし」

灯火《とうか》は言ったが、やらせる気がないので僕は掘り下げない。

「そっか。興味ない」

「……あの。そこは『何を？』って訊《き》いてほしいなー、って乙女心がですね？」

「お前、本当に面倒臭いよな……何を？」

「文句言いつつも結局は訊いてくれる伊織《いおり》くんせんぱいだって、充分に面倒臭いですよ」

「ああ言えばこう言う……」

「えへへ。さておきですね、彼氏の部屋で女の子がやることなんて、ひとつしかないって思いませんか……？　ね、伊織くんせんぱぁい？　わたし、別にいいんですよぉ……？」

人差し指を唇に当てて、灯火は覗《のぞ》き込《こ》むような上目遣いで僕に視線を流した。

艶っぽいとか色気があるとか思ってほしいのだろうが、ニヤケ面が隠しきれていない。

「はあ……何をしたいって？」

「あー、気になります？　気になっちゃいますぅ？　それはもちろん、えっちな本を探すことに決まってるじゃないですかっ☆　きゃー、伊織くんせんぱいったら、もーう♪」

「………………」今どき、さあ……、ねえ？

呆《あき》れの無言を、灯火は都合よく解釈して満面の笑みになる。

「おやおやー？　伊織くんせんぱい、なーんか期待しちゃいましたー？　おやあー？」

「そうだな。最後の期待を、裏切られたという気分だよ」

ある意味では。

「あっは、残念でしたね、せーんぱーいっ。もう、伊織くんせんぱいも、なんだかんだで意外とムッツリさんですよねー。これは本当にお部屋に隠してるんじゃないですかぁ？」

「……その通りだよ」

「わふぇっ!?」

「そんなに興味があるなら、何冊か持って帰ってもいいけど」

「は!?　え、いや、ちょお待っ、せんぱっ、ええっ!?　そんなの想定してな……っ!?」

自分から振っておいて、打ち返されるだけで負けないでほしい。僕が困る。

からかい上手を気取るには、あまりに隙が多すぎる。そろそろ諦めりゃいいのに……。

「だあっ、なんですかその馬鹿にした顔っ！　またからかいましたねっ!?」

「知らねえよ。自爆だろ、ほとんど」

「くぅ、むかつく……いつか絶対ぎゃふんと言わせてやるぅ……！」

「お前そのためにまだやってんの？」

「そうですけどー!?　わたしは、せんぱいを照れさせるまで、絶対に諦めないっ!!」

そうじゃなければよかったなあ……。

もうただただ僕に対する対抗心でやってんだもん……。ぎゃふんって言えばいいの？

「ぎゃふん」

「ほらそういうとこぉっ！」

本当に、朝から喧《やかま》しい奴《やつ》だった。元気なことで結構である。

そうこうしているうちに、昨日の昼食を買った店の前まで辿《たど》り着《つ》く。

「ところで灯火《とうか》。そろそろコンビニだが――」

「ところで伊織《いおり》くんせんぱいっ！」

「うぉ――え、どうした」

僕の言葉へ被《かぶ》せるようにして、いきなり声を張り上げる灯火。

驚いて隣に目を遣《や》ると、灯火は少し緊張した面持ちで、ほうと息を吐く。

「あのですね。お昼は、二年生の教室にお邪魔しないという約束をしたじゃないですか」

「したな。……撤回する気はないぞ」

「約束ですので守りますよ？　別にお昼以外はぜんぜん行きますし」

「……そういえば、昼としか言ってなかったっけか、僕は」

「ですねー。意外と詰めが甘いです、ふふ」

契約の内容に瑕疵《かし》があったか。僕も間が抜けている。

デート程度の対価なら、まあそんなものだと思っておこう。

「ですので！」灯火は鞄《かばん》から何かを取り出し。「このお弁当を渡しておきます！」

「……作ってきたのか？　わざわざ？」

「はい！　あ、まさかいらないとか言わないですよね？　さすがにないですよねっ⁉」

「…………」

「だ、黙らないでもらえます⁉　あ、あの、さすがにこれを断られちゃうと、わたしもかなりショックというか、結構立ち直れない感じなんですが……えと」

「……わかったよ。ありがたく頂くことにする」

「ほんとですかっ！」

ぱっ、と花が開くみたいに、灯火は笑みを見せた。素直な表情だと思った。

仕方がない。弁当があるとか、買ってしまったならともかく、持っていない以上は断る理由も見つけられない。せっかくの手作りを、無碍《むげ》にするのもさすがに悪いし。

「弁当箱は洗って今日中に返すよ」

「はいっ！　これでお昼も、伊織くんせんぱいはわたしのことを思い出してくれますねー」

「……灯火みたいな強烈な奴、忘れろってほうが難しいだろ」

「あ――」

なんの気なく告げたその言葉に、灯火はきょとんと目を見開いた。

普段のように照れている、というわけでもない。純粋に、何かに驚いたような様子だ。

「……灯火《とうか》？」

「え。あ、えと、……いえなんでも！　あ、あの――わたし先に行きますねっ！」

「は？　おい、お前――」

「ちなみに伊織《いおり》くんせんぱい！　今日のお昼は、わたしは中庭でお弁当を食べる予定だという情報をお渡ししておきますのでっ。それはでお先に失礼しますっ！」

それだけ言うなり、灯火は小走りで学校へと向かってしまった。

僕は置いていかれた形だ。最後につけ足した言葉の意味も――いや、これは。

「……そういうことか」

やられた。というか予想より灯火がしたたかだった。

今日の放課後、僕には予定がある。水曜日の放課後は付き合えないと灯火にも言った。

これは、つまり昼休みの間に弁当箱を返さなければ明日まで会えないかもしれない、ということになる。だから灯火は、いっしょに食べようと遠回しに誘ったのだ。

これは僕の負けだろう。

教室まで来ないと約束したなら、僕のほうから来させればいい。なるほど考えている。

「まあ、ウチの学校の中庭なら目立たないだろ……」

どうやら今日の昼休みも、灯火といっしょになるらしい。

負けを受け入れ、僕は再び歩き始める。ただ、少しだけ疑問だった。

灯火が逃げるように走り去ったのは、本当にこれが理由なのだろうか――と。


――結局、灯火は大半の休み時間で僕に絡んできたし、昼も中庭に行くことになった。

その次の日も変わらない。木曜日も金曜日も、灯火は僕のところに来た。

クラスの中では、さすがに話題になってしまったらしい。それを遠野《とおの》から聞いた。

まあ、そりゃそうだ。これはさすがに。

二年の《氷点下男》に猛アタックをかける女子がいるという噂《うわさ》は、小規模ながらクラスメイトたちに、昼休みの雑談のネタとして供された。

ということは当然、彼女の耳にもその話は届いているはずで。

土日を、僕は久々にぼうっとして過ごした。

さすがに灯火が家まで押しかけてくることはなかったが、連絡先を教えてしまったからだろう。一日に何度か連絡が来た。

『今、何してますかー？』『今日のお昼はパスタです！』『実はわたしは、ちょうどお風呂上がりなのです！　どうですかー、変な想像しちゃってませんかー？』などなど。

特に中身のない、本当にどうでもいいような文章。若干もう捨て身入ってきたな……。

一度、返事を打つのが億劫《おっくう》になって、スタンプで返してやったところ、

『伊織《いおり》くんせんぱいがスタンプ使うとか超意外なんですけど！　マジ似合いませんね！』

と返ってきた。

僕は千円使ってダウンロードランキング上位のスタンプを買い漁《かあさ》り、以降それを使った返答以外の一切をやめてやった。十回目で『謝るので文章で返事ください！』と来た。

勝った。

正確には千円負けたという気がするが、千円で勝ったということにする。

「何がしたいんです、それ？　伊織先輩は意外と馬鹿だ」

日曜日。散歩に出かけた先で会った小織《こおり》には、そんなことを言われてしまったが。

今日も今日とて、露店を広げている小織。本来の店主は、どこを遊び歩いているのか。

「まあ、必要経費だよ。馬鹿だったとは思うけど、後悔はしてない」

そう僕は言う。灯火《とうか》と最近よくいることを、彼女は当たり前みたいに知っていた。

「……はあ。本当、伊織先輩は一度でも懐に入れた相手には死ぬほど甘い。あまり後輩をやきもきさせるものじゃないよ。かわいいと思うなら、ちゃんと向き合わなくちゃ」

「……灯火に対してそんなこと思ってねえよ」

「違うよ、伊織先輩」くすり、と小織は色っぽく微笑《ほほえ》む。「今言った後輩は、私のことだ。釣った魚のこと、簡単に忘れてもらっては困るからね。私もかわいい後輩、だろう？」

「お前な……よく言うよ」

「あはは。ま、後輩との付き合い方は、少し考えてみたほうがいいと私は思うかな」

からからと笑う小織には、ばっちりからかわれる僕だった。

灯火には悪いが、こっちの後輩は本当に色っぽくてかわいかった。小織が本当に後輩かどうか、僕は知らないけれど……まあ、それはさておき。

小織が言うほど、僕は現状を不安視していない。このまま状況が膠着《こうちゃく》するなら、むしろ歓迎したいくらいだ。

その場合は、単に新しい友人がひとりできるというだけの話なのだから。

何も問題はない。このままの日常を過ごせるのなら、それ以上の望みは僕になかった。

何か特別なことが起きることもなく。このまま双原《ふたはら》灯火とは、ひとりの先輩として付き合っていけるのなら。この日々が日常の枠の中に納まり続けてくれるなら——それで。

それで、よかったのだ。


——けれど。

世界がそう上手《うま》くコトを運ばないことも、僕はまた知っているのだ。

状況は、小織に会ったさらに翌日。

七月一日。灯火と再会した、その翌週の月曜日に動いた。

否《いな》——僕が気づいていなかっただけで、もうとっくに動き始めていたのだ。

それは、決してありがちな表現としてではなく。

## 2

「月曜日の灯火《とうか》ちゃんです！」

玄関の戸を開くと同時の宣言にも、なかなか慣れてきていた。

「ああ、おはよう。今日は一段とかわいいな」

「はわわっ!?」

週末を跨《また》いで再び僕の家へ訪れた灯火。やけに懐かしい気分がして、咄嗟《とっさ》にからかってしまう。月曜日のはわわ……。

意外にたわわとした胸を張る灯火は、捲《まく》し立《た》てるみたいにわたわた手を振って言った。

「な、なっ、なんですか急にデレ期ですかギャップ萌《も》えですか些細《ささい》な褒め言葉でオトナの余裕を演出ですかっ!?　さ、さては週末、わたしに会えなくて寂しかったとか――」

焦る灯火。要するにこいつは、アピールする割にいざ褒められると弱いわけだ。

思わず目を細めつつも、気を取り直して告げた。

「いや、別に寂しくはなかった」

「くうんっ！」

捨てられた仔犬《こいぬ》みたいに灯火は鳴く。と、それからこくり、首を傾《かし》げて。

「……でも、なぜでしょう？　そんな伊織《いおり》くんせんぱいの塩対応に、どこか安心しちゃうわたしがいる……？　なんでしょう、だんだん楽しくなってきた気が……」

やめろ。飼い慣らされるな。本当にちょっと嬉《うれ》しそうな顔をするんじゃない。

少し疑っていたのだが、実は灯火、ちょっとマゾい性癖が……いや、考えずにおこう。

「いや、その髪飾り。先週はつけてなかっただろ」

話の軌道を戻すべくして言う。今朝の灯火は前髪を飾りで留《と》めていた。

「あ、お気づきですかっ！　えっへへ、そういのはポイント高いですよー。そこまで髪は長くないので、あんまり遊べないんですけどね。たまにはこういうのもいいかなーって、お姉ちゃんの借りてきちゃいましたっ！　どうですか、似合ってますかー？　えへへ」

見せびらかすように、和風の髪飾りをアピールしてくる灯火。

そういえば、流希《りゅうき》もよくつけていたような……気がするが正直覚えていない。

「似合ってるとは思うぞ」

「……ふへへー。それならよかったです。せっかくのお下がりですから」

へにゃりと灯火は相好を崩した。こういう場合は、照れより嬉しさが勝るようだ。

「じゃ、行くか」

と僕は言う。灯火も頷《うなず》き、

「はい！　……でも、やっぱり初日以外、家の中までは入れてくれませんか……」

「あれは例外だ。俺が支度してる間、後輩を外で待たせとくわけにもいかなかっただろ」

「……、」

「ウチは学校から近いから、早起きする必要ないのがいいとこなんだけどな。お前が来るから、先週から早起きしなくちゃいけなくなった……ん、だが……」

……なんだろう。灯火《とうか》がこちらを見上げたまま、何も言わない。

ちょっと言いすぎただろうか。別に責める気はないのだが、なんか不安になってきた。

「いや。まあ別に僕がそうしてるだけだから、いいんだけど……」

思わずフォローに入る僕。そこで灯火も顔を上げて、

「あ、いえ。……やっぱりせんぱいは、せんぱいのままなんだなって思っただけです」

「なんだそれ？　僕が灯火の後輩になったり、同級生になったりはしないだろ、そりゃあ」

「……それはわかりませんけどね。まあそういう話ではなく、ほら。なんだかんだ言ってせんぱいは、いきなり来ても家に上げてくれますし」

「上げなかったらうるさそうだからだろ……」

「それに、わたしを待たせないよう早起きしてくれてるんですよね？　ふへへ、伊織《いおり》くんせんぱいのそういうところ、小さい頃から好きでしたよ、わたし」

「………」

「おや？　ついに伊織くんせんぱいを照れさせることに成功でしょうか？　ふっふーん、わたしだって、そうそう反撃されてばかりではないということですっ！　どやあ……」

僕はものすごく微妙な気分になった。

違うんだ。先週はともかく、今週は普通に朝食の当番なだけなんだよ、灯火……。僕の両親は共働きだから、中学の頃から朝食は当番をローテーションしているんだ。

だから灯火が来なくても、どうせ僕は早起きだったんだ……。なんか、ごめんな……？

「行こうか、灯火。あ、そうだ、たまには荷物でも持ってやろうか？」

「なんで急に優しくなったんですか!?　逆にこわっ!?」

「………」

灯火がド失礼だったため、僕の罪悪感は消えてなくなった。こっちこそ逆にありがとな。

さっさと学校に向かうことにした。

3

「しっかしお熱いねえ、おふたりさん。今日も見せつけてくれちゃって」

昇降口で上靴に履き替え、教室に入ったところで、近寄ってきた遠野《とおの》が言った。

「今朝もまたふたりで登校とは畏れ入る。ところで昨日は休日だったな？」

「ああ。日曜日だからな。僕の家には両親がいたよ。ゆっくり疲れを癒《いや》してほしいね」

これが事実上の朝の挨拶だというのだから、我ながら斬新なことだと思う。

机に鞄《かばん》を置き、席に座る。いつも通り窓枠に腰を下ろした遠野《とおの》は、今日も笑っていた。

「そろそろ付き合ってるって認めちゃったほうが、いっそ楽なんじゃねえの？」

「答えは変わらず『そんな事実はない』だが……そう見えるか？」

僕の問いに、遠野はごくあっさり頷《うなず》く。

「誰が見てもそうだろ。これは俺が特別、勘繰ってるってわけじゃねえよ。一般論だ」

「そうか。……そりゃそうだよな。他人《ひと》ごとなら僕だってそう思う」

いっしょに帰るより、いっしょに来るほうが、なんとなく親密度が高そうだ。

「お前にしちゃ珍しいな。基本、他人とは距離取りたがるタイプだろ。面倒臭いし」

遠野は明らかにつけ加えなくていいひと言をつけ加えていたが、反論はできなかった。

この学校の中で、僕はあまり好意的でない目立ち方をするほうである。僕といっしょにいるだけで、巻き込まれてしまっては申し訳ない。

しかしその一方で灯火《とうか》のように、わかっていてなお接触してくる奴《やつ》にまでは、どうこう言わなくていい――言うべきではないとも思っていた。そこはもう灯火の自由意志だ。

「あいつ、クラスでちゃんと上手《うま》くやってんのかね……」

小さく呟《つぶや》いた僕に向け、遠野はからからと笑う。

「それは今さら、お前が気にするようなことじゃないだろな」

「……遠野のくせに正論を言うな」

「お前のほうこそ、俺に揚げ足を取られる程度のことを言うなよ。なあ冬月《ふゆつき》先生」

遠野はこれで、誰かに皮肉を言うことを生き甲斐《がい》にしているような性格の悪さがある。

それは大半が精神的、というか性格的な弱点を突くような言葉だが、ときどきこうして誰にでも通じるような正論を吐く。正直、それがいちばん応える気がした。

「ま、いいことなんじゃねえのって思うけどな、俺は。一度きりの青春ってヤツだ」

「何言ってんだ、お前……」

何よりひとつの皮肉に固執しないところが厄介な男だった。

反撃の余地を遠野は残さない。繰り返すが、なぜ僕はこいつと友達なのだろう……。

と、そこで。

「しかし、小学校の頃から仲いいとは思ってたけどよ。アレか？　初恋を成就させたってヤツなのかね、これは。双原《ふたはら》ちゃんもがんばったもんだよ。感動するね」

遠野は言った。

僕は答える。

「だからそんなんじゃねえっつの……ていうか、別にそんな仲よくもなかっただろ」

「は？　いやいや、あれだけいっしょにいてそれはねえだろ」

遠野《とおの》は驚いたような顔をした。

なんだ？　何か奇妙な違和感がある。

「僕、そんなにあいつと仲よかったように見えたか？」

「どういう質問だ、そりゃ？　傍《はた》から見てて、悪かったようには思わんだろ、普通によ。嫌いな人間と、わざわざいっしょに過ごす奴《やつ》いるか？　しかも小学生で」

「いや、……そりゃそうだが」

「まあ懐かしい話ではあるけどよ。そう恥ずかしがることもねえだろ、別に」

遠野は言う。やはり何かがおかしい。

目を細める僕。そして遠野は、決定的なことを口にした。

「覚えてるぜ。クラスもいっしょで、よく悪ふざけしてたからな、お前ら」

「――、あ？」

僕と灯火《とうか》が、同じクラス？

それは、あり得ない。だってそもそも学年が違う。

けれど遠野は、まるでそれが当然の認識であるかのように言葉を続ける。

「たまに巻き込まれたもんだよ。まあ双原ちゃんも昔から明るい子だったし――」

さすがに、僕もそこで割って入った。

「待て待て待て。遠野、なんか勘違いしてるだろ」

「勘違い……？　ってのは、なんの話だ？」

「小学校の頃の話だ。そもそも僕らは、当時はほとんど会ってなかったぞ」

「……それ、そんなに否定するような話か？　態度はともかく、事実は事実として認めるってのが冬月《ふゆつき》先生だろうに。俺から見たら親友同士くらいには映ったね」

だとするなら、それは灯火の話ではない。

だから勘違いしていると言ったのだ。

「それは姉のほうだろ。双原流希《ふたはらりゆうき》のほうだ。学年違うんだからわかるだろ……」

「……あ？」

「この学校にいるのは双原灯火だ。流希の妹のほう」

遠野も、また妙な勘違いをしたものである。

そう思って訂正した僕に、けれど遠野は怪訝《けげん》そうに眉を顰《ひそ》めて。

「……。いや、お前のほうこそ何言ってんだよ。姉と妹の違いくらい、わかってる」

「——……はあ？」

会話がまるで噛《か》み合っていない。

ここまで説明しても、遠野は僕のほうがおかしいと思っている。

「お前が付き合ってん・の・が・姉・の・ほ・う・だ・ろ」

そして言った。

——このところ冬月伊織《ふゆつきいおり》と共に行動していたのは、双原流希《ふたはらりゅうき》のほうである、と。

「い、いや……だから違うっつの。お前こそ何言ってんだよ」

「……なんだろうな。俺には、お前が冗談を言ってるようには見えないんだよな」

もちろん冗談は言っていないのだから、当然だ。

だがそんなふうに思うくらい、遠野《とおの》にとって、僕の言葉は冗談じみているらしい。

「……第一、学年がそもそも違うだろ」

「そうだな……だから俺も、そう言ってるんだが」

「…………」

困惑だけが僕にあった。困惑が、僕だけにあった——だろうか。

意味がわからない。僕のほうこそ、遠野が冗談を言っているようには見えないのだから。

そして僕は、遠野がわかりづらい冗談を言い張り続ける奴《やつ》ではないと知っている。

「……お前、それ本気で言ってんのか？」

僕の問いに遠野は頷《うなず》く。

「そりゃそうだろ。双原流希……俺だって覚えてる。中学こそ違ったが、高校ではずっといっしょだっただろうが。どうやったらそれを勘違いできるんだ」

「————」

遠野は、あくまで《彼女》が双原灯火《とうか》ではなく、双原流希であると主張している。

妹ではなく、姉のほうだと確信している。

それだけではない。その上で、僕たちがこの一年間、双原流希の同級生として過ごしてきたと遠野は言っていた。僕の認識とは完全に異なっている。

「……嘘《うそ》、だろ？」

「お前に嘘を言っているつもりは、俺にはねえな」

淡々とした口調と、普段の半笑いが消えた表情でわかる。

遠野は本気で言っている。おかしいのは僕で、遠野のほうが正常なのだと。

「でも……一年の間、流希がこの学校にいたなんて、僕は知らない……」

「……冬月」僕の名を呼ぶ遠野の表情は、どこか沈鬱ですらあった。「いいか？　お前が言っていることは絶対にあり得ない。もしかしたらお前は知らなかったのかもしれないが、俺はそれを知ってる。中学のときに聞いたからだ。——だから、断言できる」

ほとんど諭すような口調だった。

いや、憐《あわ》れんでいると言い換えてもいい。

僕のほうが、狂っているから——もはや僕自身ですら、そうかもしれないと思い始めている。それほどまでに、僕はおかしなことを言っているのだろうか。わからない。

だから、それを知っているという遠野に訊《たず》ねる。

「あり得ない、ってのは……なんでだ？」

遠野《とおの》は小さく、けれど端的に答えた。

「――双原灯火《ふたはらとうか》は中学生のとき、交通事故で死んだからだ」

## 4

昼休み。僕は作ってきた弁当を片手に、校舎の中を歩いていた。

理由は、言うまでもないだろう。双原灯火を、いや、そう名乗る誰かを探している。

――結論から言えば、僕は遠野から告げられた話を鵜呑《うの》みにはしていない。

嘘《うそ》はついていないのだろう。少なくとも遠野は、遠野自身が言った内容を事実だと認識しているはず。それはわかっている。だが遠野の認識と現実が同じだとは考えていない。

だから僕は昼休み、四限が終わると同時、すぐに弁当を持って教室を飛び出した。

いきなりの行動に教科担当もクラスメイトもどよめいていたが、それを気にする余裕はなかった。違う反応を見せた奴《やつ》がいるとすれば、きっと遠野と、あとは与那城《よなしろ》くらいだと思うが、それを確認することもしていない。

向かった先は一年生の教室だ。

僕は灯火のクラスを聞いていなかった。だが灯火が、いつも昇降口で、一年生用の下駄《げた》箱《ばこ》を使っていたことは記憶している。ならば一年の教室の、どこかにはいるはずだ。

結論――一組から総当たりしていけば、必ず灯火のいるクラスが見つかる。

がらり、と昼休みの喧騒《けんそう》に満たされた一年一組の教室を開いた。質問でも受けたのか、まだ担当教師も残っている。突然の乱入に、予想通り教室中の視線がこちらに向いた。

「――失礼します。すみません、一年一組に双原灯火という生徒はいますか？」

問いながら教室中を見渡してみる。少なくとも姿は見当たらなかった。

極力急いでは来たが、もう教室を出ていればわからない。ちょうどいた、僕のクラスも受け持っている数学の教師に改めて訊《たず》ねた。

「突然すみません。双原灯火は、このクラスの生徒でしょうか？」

果たして、教師は言った。

「それは、二年の双原流希ではなくて、か？」

「……、すみません、なんですか？」

訊《き》き返す僕に、教師は明らかに異常なものを見る目を向けていた。

「何って、だから双原流希《りゅうき》だ。お前も同じクラスだろう、冬月《ふゆつき》」

――やはり完全に認識がおかしくなっている。

こうなると、むしろ遠野やこの教師が正しくて、僕が間違っているようだが。

「ああ、そうでしたね。ですが探しているのは妹のほうですので。――失礼しました」

言うだけ言って強引に話を断ち切った。

できる限り丁寧に、けれど急ぎながら礼を告げて、僕は一組の教室を出る。そして隣の教室を目指しながら考えた。——双原灯火《ふたはらとうか》、という名前で果たして伝わるのだろうか？

もしも、あの《彼女》を《灯火》として認識している人間が僕だけだったら、さっきの質問にはあまり意味がないだろう。考えていなかった。次は流希《りゅうき》の名前も出してみるか。

そんな算段を働かせながら、続いて一年二組の教室を開く。

——幸い、奥の机に灯火の姿を見つけられた。

誰とも会話していない。机に、小さく、肩身狭そうにちょこんと座っている。教室中の喧騒《けんそう》から切り離されているみたいに、双原灯火はどこまでもひとりだった。

僕はそのまま一切遠慮せず教室に侵入して、灯火の机に近づく。

「失礼します。——おい、灯火！」

「え、——ちょお、せせっ、せんぱいっ!?　なんで、ここに、」

「——誘いに来ただけだ。昼はいっしょに食べよう」

「なっ——!?」

目を白黒させて混乱する灯火。だが、悪いが有無を言わせるつもりはない。

「いいから立て。ほら、さっさと行くぞ。目立つだろうが」

「いやもう目立って、——ていうか誰のせいだとっ！」

どうも灯火の頭が回っていない。僕が教室まで来るのがそれほど予想外だったのか。

しかし、今はそれどころではないはずだ。わずかな時間に焦《じ》れてしまう。

「中庭でいいよな。こないだ使ったし。――行くぞ」

僕は有無を言わさず、立ち上がった灯火の腕を取った。

悪いが、少し強引にでも付き合ってもらおう。普段と立場が逆になっただけだ。

「え、え!?　ああ、ちょ――待ってくださ、あのっ、せんぱいっ!?」

僕は答えない。

ただ少し、この光景を灯火のクラスメイトたちがどう捉えているのかを考えてみた。

もちろんわかるはずもない。――知っている奴《やつ》にでも聞かない限りは。


「なんなんですかせんぱいは、まったくもうっ!!」

流宮《ながれみや》高校の中庭は、さして人目につかない。開けていて外部から丸見えだが、その分、意外と密談に向いている。誰かが近づいてくれれば、すぐ気づくという意味で。

昼、基本的に人が集まるのは学食だ。この中庭は、昼休みの一時だけでも恋人と過ごしたい系のカップルが何組か集まるのが主で、それを知る生徒が――特に独り身が――好き好んで来る場所ではない。ひとりや同性同士では、ちょっと居心地が悪いのである。

「自分は『教室に来るな』とか言っといて！　まさか逆に、伊織《いおり》くんせんぱいのほうから来る伏線だったなんて気づきませんよ！　どういうおつもりなんですかっ!!」

結構、怒り気味の灯火《とうか》であった。

そうだ。灯火だ。

——こいつが双原流希《ふたはらりゅうき》だとは、どうしても思えない。

現に彼女は一年二組の教室にいた。この《彼女》が仮に流希ならば、二年の教室にいるはずだ。高校浪人や留年という可能性も考えるだけ馬鹿らしい。何より『高校ではずっといっしょだった』という、遠野《とおの》の発言と食い違う。奴《やつ》の認識は現実と矛盾している。

この食い違いをどう考えるべきだろう。

しかし、勢い込んで来てはみたが、冷静になると灯火に会ったところで何を言うべきか微妙なところだ。——少なくとも、灯火が意図的に何かを隠していることは間違いない。

正面から訊《き》いたところで、のらりくらりと躱《かわ》されてしまうだろう。考えてなかった。

「……そう怒るな。僕はお前といっしょにお昼を食べたかっただけなんだ」

しばらく様子を見てみよう。そう思って、とりあえず機嫌を取るように僕は言った。

「バカなんじゃないですか?」

だがバッサリだった。灯火の声音がすごく冷たい。……そりゃそうか。

「そんなの百パーセント嘘《うそ》じゃないですか。わたしだってそれくらいわかります。バカにしてるんですか?」

だがもうゴリ押すしかない。

「まあまあ。いいから食べよう。ほら、そこの木の周りのベンチにでも座ってさ」

「そんなこと言っても誤魔化《ごまか》されませんからねっ！」

「今日は天気がいいいな。そうだ、見てみろよ。今日の弁当は手作りなんだ」

「……あ、あれ？　あの、も、もしかして本当にごはんを食べたかっただけです……？」

コイツ本当にチョロいな。

なんて、そんな酷《ひど》いことは思っていない。

「そう言ってるだろ。なんなら、からあげ一個やるよ。昨日の残りだけど、自信作だ」

「そ、それは……あの、なんと言いますか、せんぱいは、つまり――」

灯火は僕の顔をまじまじと見つめ、たっぷりと間を開けてから。

言った。

「……いや、だとしたら嬉《うれ》しさより気味の悪さが勝ちますね。急にデレるのこわっ」

「ああ、うん……だとしたらもう僕が悪かった」

さきほどの僕の行動で、灯火が抱いた感情が恐怖だというのなら。

もう謝るよ。そこまでだとは思ってなかったわ。

僕は軽く首を振って、自分で言った通り、中庭のベンチのほうへ歩く。植えられた木の周りを囲むように繋《つな》がっている円形のベンチは、基本的にはカップル御用達《ごようたし》である。

幸い、今日はほかの利用客もいない。使わせてもらうとしよう。

腰を下ろして弁当箱を開く。

灯火《とうか》はやはり、先を歩けばついて来る性質らしく、そのまま僕の隣に収まって笑った。

「……あ、あはは……いざとなると、少し緊張してきますね？」

「普段からそのくらいの態度だったらなあ……」

もっとかわいいんだけど。

とは、まあ、言わず。

「だって、あれは驚きますよ！　用があるなら、普通にスマホとかで連絡してくだされば いいだけなのに、わざわざ教室まで乗り込んできたんですよ？　何かと思いましたよ」

「……あ、そっか。その発想はなかった」

「むしろ最初に思いつくべき選択肢なのでは!?」

「いや、だって普段ほとんど使わないし……考えもしなかった」

後輩の教室に乗り込んでいく——なんて、ちょっとした学園系の物語なら感動のクライマックスを飾れるシーンだったと思うけれど。目的が飯食うだけとは確かに締まらない。

けれど、それで構わない。

この目で直接確かめることも目的のひとつだったのだから。それ以外は些末《さまつ》である。

「てかてか伊織《いおり》くんせんぱい！　危うく聞き逃すとこでしたけど、さっき、自分でお弁当作ったとか衝撃発言してませんでしたかっ？」

自分の分の弁当を出しながら、灯火はそんなことを訊《き》く。

「言ったよ。別にそこまで驚く発言でもないだろ。うちの両親は共働きだし」

休日以外ほぼ毎日、早朝から冬月《ふゆつき》家に押しかけてきた灯火だ。それで一度も僕の両親に会っていないのだから、可能性くらいには思い至るだろう。

「僕も、少し前までは家事なんてほとんどしてなかったけどな」

「はあ……あ、じゃあ、からあげ貰《もら》いますね」

「聞いてねえだろ、お前。いや、別にいいけどな」

「むむ。これはなかなかに……少なくとも、冷凍食品の味ではないですね……、くっ！」

「なんで悔しそうなんだよ」

「わたしにだって、乙女的なプライドというものがあったりなかったり？」

「いや、あったりなかったりはするな」

出し入れ自在のプライド、都合よすぎるだろ。そんなもの主張してくるな。

律儀にツッコむ僕は、我ながら、それだけでいい先輩なんじゃないかという気になる。

「えっへへー」

律儀にツッコまれて嬉《うれ》しそうな後輩ちゃんは、もうしばらく放っておくことにした。

しばしそのまま箸を進める。僕は灯火を見ずに言った。

「なあ、灯火」

「なんです？」

「実はひとつ、お前に確認したいことがあるんだが、それを訊《き》いてみてもいいか？」

「……嫌ですよ」

果たして、灯火《とうか》は目を細めて応じる。

「嫌なのか」

訊き返した僕に、灯火は恨みがましい視線を投げて。

「そりゃそうでしょう。まったく、せっかく伊織《いおり》くんせんぱいがデレてくれたと思ったのに、やっぱり別の話があるんじゃないですか。上げてから落とすの、ほんと最悪ですっ」

「……そういう意味でか」

「そうですよ。まあ聞くだけは聞きますけどね、一応。なんですか？」

許可が出たので、僕は言う。

「――今日の放課後、僕とデートに行かないか？」

「ぶぇっふぉ!?」

灯火は、割と乙女にあるまじき音で、むせた。

咳《せ》き込《こ》む灯火に、僕は持ってきたペットボトルの緑茶を手渡す。

「えほっ！　な、なんっ、」

「おい、落ち着け。大丈夫か？　ほら飲み物飲め、そそっかしい奴《やつ》だな」

「――いや誰のせいだとぉ!?」

僕のせいだと言いたいらしいご様子である。

灯火はお茶を飲み、それから弁当箱をベンチに置くと、――なぜか両手の親指と人差し指で輪を作り、これから悟りでも開きますといわんばかりに胡坐《あぐら》を掻《か》いた。スカートで。

こいつ、狼狽《うろた》えたときはポーズを取って落ち着く習性があるな……いや何それ？

「……もっかい訊くけど、大丈夫か？」

「だいじょぶです！　いえ、やっぱりだいじょばないです、ある意味っ!!」

「どっちだよ」

ポーズを解いて、灯火。

「いや、あの――だ、だからなんなんですか急にっ!?　何が目的の策略ですかっ!!」

灯火はなぜか怒り出して、僕の肩をいつかのようにぺちぺち叩《たた》く。

「よく人のことを叩く奴だよな、お前」

「こんなことするの、せんぱいにだけなんですけどお！」

もっと素直に喜べる文脈で言ってほしい台詞《せりふ》だった。

「……ていうか、お前に責められたくねえよ。灯火だって同じことやっただろ」

「そっ、それは……そうですけど。でも伊織くんせんぱいがそんなこと言い出すなんて、普通に考えて思わないじゃないですか。いったいどういう意味なんです？」

「言葉通りだよ。今日の放課後、暇なら付き合ってくれないかって誘ってる。どうだ？」

「む……ぬぬ」

何かが納得いかない、という表情で呻《うめ》く灯火《とうか》。けれどすぐに息をつくと、

「……わ、わかりました。わたしも、覚悟を決めましょう……っ！　ええともーっ！」

腕を組み、その状態で右手の人差し指をピンと立て、偉そうな態度で灯火は言った。

意味不明だった。

「ええともーっ！」

「……。まあ灯火がいいならそれでいい。一年も今日は五限までだよな？　それなら放課後、とりあえず校門の前で待ち合わせにしよう」

「え、ええともーっ！」

僕は無視した。

「なら、そういうことで」

「スルーですか……で、でも約束したからには、あとでやっぱりなしとかダメですよ!?」

「言わねえよ、そんなこと」

「いーえ！　言っときますけど、伊織《いおり》くんせんぱいには前科があるんですから！　ホントもう、上げてから落とされてばっかかです、わたしは！　わかってますか!?」

あんまりわかっていなかったが、そう言うべきじゃないだろう。それはわかる。

「大丈夫、僕だって前回でいろいろ学んだんだ。ちゃんとデートだよ」

「へ、へー？　ふーん？　そ、そうですか、ふーん？　ふーん！　まあ、それならいいんですけどねー？　仕方がないので、わたしが付き合ってあげますけどねー!?」

「任せろ。今度こそしっかりエスコートしてみせる」

「わふんっ!?　だぁもぉ、なんなんですかせんぱいは、さっきから！　わたしを殺す気ですか!?　それが年上の余裕ですか、大人の恋愛テクニックなんですかっ!?　その程度でわたしが喜ぶと思ったら部分点ですよ!?」

「途中式はあってるのか……」

灯火が何を言っているのか意味不明なのに。どこが当たっていたんだろう。

いや、とはいえ僕も勉強はしている。先週までとは違うのだ。

カラオケで盛り上げ役に徹したのと同じだろう。要は相手を全力でヨイショすることをデートと表現するわけだ。僕は失敗からきちんと学ぶことができている。完璧だ。

今日はもう、ダメ出しを喰《く》らうこともない。きっと！

「あれ、なぜでしょう。せんぱいの顔を見てたら、急に不安になってきました。なんだかデートという概念に、致命的な認識の齟齬《そご》があるような……？」

「大丈夫だ、問題ない。僕に全て任せておけ」

「なんででしょう！　わたし、ますます不安になってきたんですけど!?　あれえっ!?」

「今日の僕は灯火《とうか》の執事だ」

「ほらあ！　ほらなんか絶対違うもん！　絶対なんか勘違いしてますもん、この人ぉ!!」

「それより、そろそろお茶返してくれる？　僕も飲みたいんだけど」

「え。あ、はい……すみません、あの……ん、あれ？　──これ先輩のお茶ですか!?」

「そうだけど」

「えっ、えっ!?　じゃ、じゃじゃじゃ、さっきは……間接キスだったとぉ!?」

「……間接キスってなんだ？」

「概念ごとご存知《ぞんじ》ない!?　せんぱいはこれまで本当に文明で暮らしてきた人間ですか!?」

「ああ……なるほど、同じものに口をつけることで間接的にキスしたことになると。そういう考え方があるのか。すまん、知らなかった」

「冷静に分析!?」

「気にするような相手がいなくてな」

「なんか悲しいこと言うし！　わたしのさっきの恥じらいはどこへ行けば!?」

「まあ、灯火もあまり気にするなよ。その程度はファーストキスには換算されないだろ」

「そんな釈然としない慰めいらないんですけどーっ！」

　ぎゃあぎゃあと騒ぐ灯火。その表情は、いつの間にか和らいで笑顔が戻っている。

なら、それでいい。せめて今くらいはそうでなければ困る。

なぜなら、きっとこのデートは、灯火が想像するものとは違うのだから。

認識がズレているから、ではない。それ以前に、僕がそもそも灯火を騙しているからだ。

――けれど、それはお互い様というもので。

僕は、灯火に向けて言う。

「なあ灯火」

「はい？」

「――クラスの友達とは上手《うま》くやってるのか？」

すっ、と。

灯火の表情が、冷えた。

彼女は言う。

「さて、どうでしょう。わたし、あまり目立たないので、いてもいなくても同じかもです」

「……なるほどね」

そういうふうに処理されているわけか。今のところ。

灯火もまた、僕に向かって言った。

「なるほど。――そういうこと、でしたか」

5

放課後。僕は約束通り、校門で灯火《とうか》と待ち合わせて、ふたりで学校を発《た》った。

目指したのはいつもの駅前繁華街。この辺りの高校生のデートスポットとしては適当な場所だから、灯火も違和感は持たなかったと思う。素直に後ろをついてきてくれた。

「伊織《いおり》くんせんぱいにしては普通ですね。プラス5点を差し上げましょうっ」

そんなふうに宣《のたま》う灯火。

「それ、まさかとは思うけど、褒めてるつもり？」

「ですよ。正直、どこに連れていかれるものか戦々恐々でしたから」

「……まあ、僕が悪いんだろうな。そう思わせてる時点で」

「その通りです！　ま、——それでもですよ？」

くるり、回るような足取りで灯火はこちらを向いて。

悪戯《いたずら》っぽいはにかみを浮かべながら、からかうようにこう言った。

「わたし的には、伊織くんせんぱいといっしょなら、どこでも楽しいんですけどね？」

「……あ、そ」

いつもの通りに、僕はそれを流す。灯火はむっとしたように、

「くぬ……なぜわたしの決め台詞《ぜりふ》は伊織くんせんぱいに通じないのかー！」

「決めに来るからだろ……」

「ちょっとデレたと思ったらすぐこれですもん！」

頬《ほお》を膨らませる灯火《とうか》。

危なっかしくて、放っておけたものではない。そういう意味では効きまくっている。

「ほら、ちゃんと前見て歩けよ。道の端側に行けな？　歩くの速くないよな？」

「もはや介護!?」

「危なっかしくてな……お前見てると心配になってくるんだよ」

「そして突然のデレ！」

「首輪とリードが欲しくなってくる」

「違う、デレじゃない、ただの犬扱いだこれ!?」

言ってから、いくらなんでも失礼すぎたかと不安になる僕。

だが灯火はこちらの想像の上を行く。

「わ、わたしに首輪をつけたいとか……それはさすがに上級レベルですね……!?」

「よし、僕が悪かった」

「……伊織《いおり》くんせんぱいがお望みなら、か、考えますけど……」

「頼む。許してくれ」

迂闊《うかつ》なことを言うものではない。

そんな教訓を得たところで、僕たちは目的地に辿《たど》り着《つ》いた。

「——いらっしゃい。最近はよく来るね、伊織先輩」

駅前露店。今日も店主の姿はなく、三度目ともなれば見慣れたバイトの後輩がいた。

「ナナさんは……いないか」

零《こぼ》れた僕の言葉を、拾って彼女は薄く笑った。

「おや、酷《ひど》い。こんなにかわいい後輩の女の子より、年上のおじさんをご所望かい？」

「自分で言うかね……っと、灯火」

紹介するべく、僕は灯火を振り返った。

すると、なぜかこちらの後輩は、酷く不機嫌な表情で頬を膨らませている。

「灯火？」

「——マイナス273．15点です」

絶対零度ならぬ、絶対零点であった。

さきほどの5点が完全に消し飛んでいる。

「女の子連れてほかの女の子に会いにいくとはどういう了見ですか」

「いや、別にこいつに会いにきたわけじゃなくてだな……」

……参った。灯火が本気でむくれてしまった。

助けを求めるように、僕は小織《こおり》を見る。彼女は小さく微笑《ほほえ》み、それから言った。

「初めまして。私は生原小織《はいばらこおり》。どうぞお見知り置きを。……しかし伊織《いおり》先輩に、こんなにかわいい彼女がいるなんて知らなかったな。いらっしゃいませ、と言わせてもらうよ」

灯火《とうか》は顔を上げた。

「か、かわいいだなんて……そんな。あの、えと、……ありがとうございます……」

よっわ。この子ホントよっわ。後半もう声が消え入りそうだった。耳も真っ赤。

僕以外と話してるときが、たぶんいちばん素が出るんだな、こいつ。

「せ、せんぱい、せんぱいっ」

小声の灯火が耳元で言った。嬉《うれ》しそうだった。

「なんか、すごくかわいい女の子に褒められてしまいましたっ！　どど、どうしたらいいですかねっ、嬉しいですねっ！　えっへへへ……！」

「好きにすればいいんじゃないかな……」

やっぱり灯火ちゃん、実はあんまりコミュ力ないな？

そんな様子を見て見ぬ振りで、小織のほうは堂々としたもの。

「デートかな？　羨ましいね」

「あ、えと。そう見えますかね……？　え、えへへ。参っちゃいますねえ、せんぱい」

灯火は小織に押されっ放しだった。話を振ってこないでほしい。今。

と、この辺りで灯火もいつもの調子を取り戻してきて。

「あ、わたしは双原《ふたはら》灯火といいます！　同い年なんですね、よろしくお願いしますっ！」

「うん。よろしくどうぞ、だ。いろいろあるから、ぜひ見ていってほしいな」

「わあ……！　ほらほら見てくださいよ、伊織くんせんぱい！　すごいですよっ！」

「ああ。うんまあ、機嫌が直ったんならいいけどね？」

「でも伊織くんせんぱいに、こんなかわいい女の子の知り合いがいるなんて予想外です。いや、本当にマジでかわいい子ですよね……。だからせんぱいは……ぬぅ」

「ありがとう」

　褒め返す灯火に、余裕の笑みで応じる小織。なぜか同い年に見えないふたりだ。

「それで？　ふたりはデートなんだよね？　私が言うのもなんだけど、あんまりデートで来る店ではないと思うけど」

　あっさり言う小織。一応は女性向けの小物が並ぶ露店なのに、それもどうなのか。

「そうですか？　見たところ普通ですけど……」

　灯火も不思議そうに問い返す。小織はわずかに苦笑して、

「品はそうだね。ただ、伊織先輩が恋人を、ナナさんに会わせたがるとは思わないかな」

「別に恋人ってわけじゃない」

　僕は言った。

「そのナナさん……という方のお店なんですか？」

同時に灯火《とうか》も言った。

小織《こおり》は頷《うなず》くと、商品のひとつを手に取って笑う。

「それでも連れてきたとなると、なるほど。つまり《星の涙》の話かな」

灯火は目を見開いた。

「あ、……そのネックレス」

「知ってるんだ？　ウチは基本的には手作りの一点物ばかりだけど、これだけは数があるからね。その分、お値段もお安めではあるんだけど」

「……この前、せんぱいに貰《もら》いました」

「へえ？　あれを、伊織《いおり》先輩が……驚いたな。――こほん」

ひとつ、軽く咳払《せきばら》いをする小織。

それから彼女は指を立て、謳《うた》うようにその物語を言葉にする。

「七年前の七月七日、七つの流れ星が七河《ななかわ》公園の丘へと降り注いだ――。そいつは、星が流した涙。星々はいつだって、遥《はる》か銀河の彼方《かなた》からこの地球上を覗《のぞ》いていて、そこで繰り広げられる悲劇に哀《かな》しみの涙を流している。流れ星はその結晶だ」

流暢《りゅうちょう》に語られる都市伝説。

なるほど、ひとりで店番を任されるだけはある。本来はナナさんが得意とする小咄《こばなし》なのだが、小織も暗記しているらしい。それなりに練習したようだった。

「……《星の涙》の伝説、ですね」

小さく、神妙に頷く灯火。それに小織が頷いた。

「その伝説にあやかった商品なんだよ。これを持って星に願えば、失ってしまった、最も大切だった何かを取り戻すことができる――二番目に大切なものと、引き換えにして」

「……知ってます。昔、お姉ちゃんがよく話してたので」

「有名な都市伝説だからね。実際、流れ星が見られたのは本当らしい。七河公園の丘から見えた、ってね。それで、どこかの誰かが、綺麗《きれい》な光景に綺麗な話をつけたのさ」

「作り話……ってことですか？」

「どうだろう。少なくとも、この店の石には、そんな不思議な効果はないと思うけどね。それでも、願いを託すには充分な物語だと思うよ。――伊織先輩は嫌いらしいけどさ」

僕は何も言わなかった。

一瞬だけ、露店の奥の小織がこちらを見る。そして、やはり何も言わなかった。

そのまま小織は、店の前にしゃがみ込んだ灯火に視線を戻して、続けた。

「星が降ってきたことが事実なら、そうだね。この街のどこかには、本物の星の涙が実在するのかもしれない。この世にたった七つだけの、奇跡の石が」

「本物の、星の涙が……」

「だけど――どうなんだろうね？　いちばん大切なものと、二番目を引き換えにできる。

それは素晴らしいことだと、灯火《とうか》さんは思うかな?」

たぶん小織《こおり》は、なぜ僕がここへ灯火を連れてきたのか気づいている。察しのいいこの少女は、その上で、僕の意図を汲《く》んで話してくれているのだ。

「……、小織さんは思わないってことですか?」

どこか固い口調で、反発する思いを隠さず灯火は問い返した。

小織は、気を悪くすることもない。

「等価交換がこの世の原則なら、これは一見、それを覆す魔法のような奇跡だろう。でも私は、この世に都合のいい奇跡なんてないと思っているんだ。だって、大事なものを取り戻すということは、いちばんを失ったというのなら――それなら、ここで言う《二番目に大事なもの》というのは、《そのときいちばん大事なもの》だということになる」

「……、……」

「それなら大した奇跡じゃない。ありふれたただの交換に過ぎない。いや、どころか今の価値を、過去のそれに代えるというのなら――見方によっては損をしているだろうさ」

「……そう、ですか」

灯火は言った。頷《うなず》くというより、顔を背けるような素振りに近かった。

納得はしていないのだろう。それでも、ほんのわずかでも楔《くさび》になったのなら構わない。

――《星の涙》なんて下らない奇跡に縋《すが》るのは馬鹿らしい。

そういう価値観を刻むために、僕は灯火をこの場所へ連れてきたのだから。

「なんてね」と、そこで小織が執り成すように言った。「そんな伝説を利用して商売する私に、そんなこと言えた義理じゃないんだけどさ」

「……別に小織の店じゃないだろ」

僕はそう続ける。小織は苦笑して、

「そうだね。じゃなきゃ自分から商品を売れなくするようなことは言えないよ。だけど、そうだ、灯火さん。ひとつだけ、面白いことを教えてあげるよ」

「……なんですか？」

首を傾《かし》げる灯火。

わずかに、小織は口角を上げて僕を見て。

「そこにいる伊織《いおり》先輩はね。昔——星の涙を探しに、あの丘を登ったことがあるそうだよ」

「おい、小織」

いきなりなことを言い出した小織を、制止しようと僕は言う。

「そう都合よく使われてあげる義理はないだろう？　これくらいは、まあ、対価さ」

だが小織には通じない。

それを言われては、確かにその通りだ。

「……そうなんですか？　あ、でも、そういえば……」

思い出したみたいに呟《つぶや》く灯火《とうか》。

その通り、彼女と初めて会ったのは七河《ななかわ》公園の丘である。

「だから。もしかしたら伊織《いおり》先輩は、本物の星の涙を持っているのかもしれないね」

二対の瞳が、僕を射抜く。

それから逃げるように僕は口を開いた。

「……仮に持ってても、そんな胡散臭《うさんくさ》いもの使わねえよ」

「せんぱい……」

持っていない、と僕は言わなかった。いや、言えなかった。

それは灯火も気づいただろう。揺れる双眸《そうぼう》が、こちらに向いていることがわかる。

その空気を、ぱんっ、と乾いた音が破った。

「さて！」

小織《こおり》が手を打った音だ。

そのまま両手を広げると、バイト露店員は笑みを見せて。

「それより、せっかくのデートだ。何か記念が欲しいとは思わないかな、灯火さん」

「おい。この流れで、お金を落として行けってか？」

小織が空気を変えてくれた。

それに乗って、僕は彼女に続く。灯火も笑った。

「あ、でも確かに、記念は欲しいですよ、伊織くんせんぱい！」

「……別に、買い物なら好きにすればいいだろ。僕には関係ない」

「そういうことじゃありませんよ！」

「そうだよ、伊織先輩。デートに来てその態度はない。反省するべきだ」

「ぐ……」

灯火だけならまだしも、小織まで敵ではさすがに分が悪い。

言《い》い淀《よど》む僕を尻目に、女子陣はノリノリで会話を続ける。

こうなっては止めようもない。どうして女子は、打ち解けるまでが早いのやら。

「なら、こういうのはどうだい？　灯火さん、少しスマホを貸してくれ」

「スマホですか？」

「せっかくだ。記念写真の一枚くらい、私が撮らせてもらうよ」

「ああ！　それは素敵ですねっ！　ささ、いっしょに撮りましょうよ、せんぱい！」

「……それくらいならな」

これも対価だ。小織の表現を借りるならば。

こんな人目につく場所で、恥ずかしいったらないのだが。それで灯火が満足するなら、甘んじて受けるのが僕の役割だろう。

「それじゃ、ふたりとも笑って――もとい灯火ちゃんは笑って。伊織先輩は、せめて笑う努力だけはして？」

灯火《とうか》のスマホを借りた小織《こおり》の、冗談めかした言葉。それに灯火も笑みを見せた。

「諦められてますよ、伊織《いおり》くんせんぱい。顔の筋肉死んでるから」

「……いいから、早くしてくれ……通る人がこっち見てんじゃねえかよ」

「そんな人並みの羞恥心があるみたいなこと、伊織くんせんぱいも言うんですね」

「いくら僕でも言われて怒ることがないわけじゃないぞ」

「――はい、チーズ」

ぱしゃり――撮影されたその写真は。

僕も灯火もカメラのほうをまったく見ていない、妙な構図の一枚になった。

けれど、灯火は笑っていた。

「伊織くんせんぱいのＬＩＮＥにも送っときましたからねー。待ち受けにどうですか！」

「断る」

「このせんぱいはホントにもうっ！」

6

「いいものが手に入りましたっ」

灯火は、心から楽しそうに笑っている。さきほど撮った写真を見ながら。

そういうふうに、僕には見えた。きっと偽物ではないと思う。

その証拠に、灯火の足取りは実に軽やかだ。今にもスキップし出すのではないかと思うほど、街を行く少女はしあわせそうだ。後ろを行く僕は、その様子をただ見ていた。

「それで、これからどうしますか？」

ふとこちらに振り返った灯火が、首を傾《かし》げて僕に問う。

咄嗟《とっさ》、答えに窮《きゅう》した。

果たして自分がどうするべきなのか。灯火はそんなことを訊《き》いていないとわかっているはずなのに、責められたような気がしてしまったのだ——本当にわかっているのか、と。

結局、僕は何をやっているのだろう？

何をしたかったのだろう。

何をするべきなのだろう。

——僕には、何ができるのだろう？

そんな単純な問いの答えを僕は持っていない。

ただ同じ場所をぐるぐると歩き続ける、たとえるなら触覚の片方を折られた蟻《あり》のような無様。いいや、害がないだけそのほうがマシですらあるかもしれない。

——やるべきことなら決まりきっていた。

僕はもうわかっている。双原灯火が星の涙を使っていると。

あの丘で渡したイミテーションではない。流希《りゅうき》が持っていた本物の――伝説通り奇跡の力を持つ《星の涙》を、双原灯火《ふたはらとうか》はすでに発動してしまっているのだ。

遠野《とおの》が、あるいは教師が、抱いていた認識のズレは、星の涙の力としか考えられない。

そんなことは、そうだ、わかっている。

けれど、それでも僕には――これからどうするべきなのかが定められず。

絶対に会いたくなかった人間に出会ってしまったのは、そのせいかもしれない。

「――冬月《ふゆつき》？」

決して大きくないその声が、繁華街の喧騒《けんそう》を切り裂いて僕に届く。

思わず、息が詰まった。強い語調ではなかったのに、どうしてだろう、呼吸をすることすら咎《とが》められたように思えてしまう。――頭が、ほんの一瞬だけわずかに痛んだ。

目の前にはクラスメイトが立っていた。ちょうど通りかかったファストフード店から、冗談みたいに最低のタイミングで出てきたところらしい。

僕を見つめる目。

それが隣で僕を見上げる灯火に移り、それから僕に戻る頃には、

「……なんで、こんなとこで……こんなときに」

強い怒りを示すものへと変わっていた。

舌打ち交じりの声。この状況の何もかもが気に喰《く》わないと表現している。

与那城玲夏《よなしろれいか》は、一瞬だけ背後の店側を振り返った。それからすぐ僕に向き直ると、肩を怒らせるみたいな早足で僕に近づき、僕の手首を掴《つか》んで鋭く言った。

「ちょっとこっち来て。ここにいてほしくない」

――わかるでしょ、と目が告げている。

「わかった」

と、答える以外にはなかった。おそらく店の中に陽星がいるのだろう。

すぐ横では、灯火が呆然《ぼうぜん》とこちらを見上げていた。

「え？　あの……せんぱ、」

「悪いけどコイツにちょっと話あるから」

僕が何を言うより先に、与那城が灯火に言った。

「え、いや、……あのっ」

有無を言わせる気はないらしい。

そのまま与那城は、手首を引っ掴んだまま歩き始めてしまう。逆らえなかった。

――この場所にいたくないのは僕も同感だ。

ただ灯火を、このまま置いていくことだけを申し訳なく感じながら、怒る与那城に手を引かれるまま歩いた。

駅の二階から続く通路。真下にあるロータリーへ降りる階段の近くまで向かった。ここなら立ち止まっても通行人の邪魔にならない。

与那城《よなしろ》は僕を振り返り、手をパッと放して鋭く言う。

「なんでこんなとこにいるわけ？」

「……さすがに、それを責められる謂《いわ》れはねえよ。僕がどこにいようと勝手だろ」

「チッ」

あからさまな舌打ち。それは、正論だと認めたということだ。

与那城は静かに首を振った。自分が冷静ではないと、彼女も自覚したらしい。

だから、話題を変えるように言った。

「……あの子。最近、ずっと引き連れてる後輩の子だよね。朝もいっしょに来てる」

「いや……いや、そうだ」

一瞬、引き連れてるわけじゃない、と反論しかけたが。

意味ないと気づき、やめた。

「どういうつもり？」

与那城は問う。いや、僕を責めている。

「別に冬月《ふゆつき》がどこで彼女作ろうと勝手だけどさ。それを陽星《ひせ》が見たらどう思うかくらい、ちょっとは考えようと思わないわけ？　それをわざわざ、見せつけるみたいに——」

「弁解する必要があるか？」

その言葉が与那城に火をつけてしまった。

「ふざけんなっ！」

「――っ」

「ねえ、いい加減にしてよ！　あんた、まだ陽星にあんなことさせておくつもりなの？

陽星だって、きっと……っ」

「――あいつは、陽星は……何も思わねえよ。だから、お前が気にすることでもない」

「……っ、だったら、どうして――っ！」

わかっている。悪いのは僕で、与那城には僕を責める資格がある。

あのとき――今だって、与那城玲夏《れいか》だけが、最後まで久高《くだか》陽星の味方であり続けた。

だから、僕はこうして責められ続ける。

僕はまっすぐに与那城を見ていた。

与那城のほうが、逆に僕から視線を逸《そ》らし、俯《うつむ》いてしまう。

「なんで……なんで陽星のこと、諦められちゃうの……？　本当にその程度だったの？」

どう答えるべきかなんて決まっていた。

それを口にしようとしたところで、けれど。

「待ってくださいっ！」

と、声があった。

あとを追ってきた灯火《とうか》が、ここまでやって来たのだ。……来てしまった、か。

「……何？」

鋭く、与那城《よなしろ》が問う。

表情を持ち直し、灯火をまっすぐに見つめて。

そのきつい眼光は灯火には厳しいだろう。彼女は狼狽《うろた》えたように肩を震わせたが、それでも叫んだ。

「い……いや、何？　じゃないです！　先輩のほうこそ――」

「ああ、ごめんね急に邪魔して。でも、こんなのといっしょにいないほうがいいよ」

「――っ」

「てかこっちはこっちで話あんの。悪いけど、ちょっと黙っててもらえる？」

不良、なんて言い回しは似合わないだろうが、髪を派手に染めていて背の高い与那城は威圧感がある。後輩の灯火にしてみれば怖い相手だろう。

――けれど灯火は引かなかった。

「それならわたしもいっしょに聞きますっ！」

「……、は？」

与那城が目を見開いで驚くという、酷《ひど》く珍しい光景がそこにあった。

だが僕は指摘もできない。灯火の言葉に驚いていたのは、僕もいっしょだったから。

「ちょ……な、なんの権利があってそんなこと！」

灯火は叫んだ。

「決まってます！　それは……、　えっと？」

「………」

「そ、それは……それは、……あー」

「………」

「まあ特にありませんが知ったことでもありませんっ！」

無茶苦茶《むちゃくちゃ》だった。

いや、思えば灯火はいつも無茶苦茶ではあったが。

「今はわたしが伊織《いおり》くんせんぱいとデー……じゃなくて、えと、お出かけ中なんですっ！　あとから来たのは先輩のほうなんですから、そういう感じの、なんか、アレですっ!!」

しかもデートと言い切るのが恥ずかしかったのだろう、日和《ひよ》りやがった。

見切り発車にも程がある。こいつは基本的に、動いてから考えるタイプなのだろう。

「え、あの……ごめん、よくわかんない……」

与那城は見事に狼狽えていた。というか純粋に言葉が通じていなかった。

まあ、与那城は威圧感があるだけで、他人を脅すような真似《まね》は基本的に好まない。それでも精いっぱい強気に出てこれなのだから、それが通じなければ手詰まりだ。

少しだけ、空気が軽くなった。さすがは灯火《とうか》だ、と言うべきなのか。

ここで僕も口を開いた。

「与那城《よなしろ》。灯火のことはいいだろ。……それより僕の話だと思ったが」

「……何それ？　陽星《ひせ》のことは放っておくくせに、この子のことは庇《かば》うってわけ？」

「別に。いてもいなくても同じなだけだ。違うかよ？」

その言葉でさらに睨《にら》まれるが、さきほどまでより表情が弱くなっている。

僕の言っていることが一面の事実であることは、与那城にだってわかっている。

「……諦めたのかって、お前、訊《き》いたな。決まってるだろ」

だから僕はまっすぐに答えた。

与那城の視線以上に、今は灯火の視線が怖い。

彼女もこちらをまっすぐに見つめて、僕の言葉を待っている。

——それでも、言った。

「そうだよ。僕はもう諦めた。それに——そもそも、あいつに僕は必要ないよ」

「そんなことない！」与那城は叫ぶ。「だって陽星は、いつも——」

「あるよ。与那城、お前はあいつ本人に確認したことがあるのか？　あるだろ。ないわけじゃないはずだ。だったらわかるだろ。あいつが、僕のことを少しでも話したのか？」

「ふざけるなっ！」

ちょうど階段を昇ってきた男性が、ぎょっとしたようにこちらを見た。

痴話喧嘩《げんか》か何かにでも見えているだろうか。申し訳ないことをした気分になる。

けれど。

僕にだって、こうする以外の方法がない。

――冷たい氷点下の人間だと思われ続けるのが、お互いにとっていちばんよかった。

「陽星は……陽星は、ずっと、ずっと言ってたんだよ……？」

与那城の顔が歪《ゆが》んでいる。僕には、今にも泣きそうに見えた。

それは義憤であり、僕への憎悪であると同時に、自分自身に対する憤懣《ふんまん》なのだろう。

「……冬月《ふゆつき》に、助けてほしいって。伊織《いおり》ならきっと助けてくれるって……なのに！」

頭痛が、強く鋭く僕を抉《えぐ》った。

それを僕は隠し通す。蹲《うずくま》りたくなるほどの痛みを、ないものとして振る舞う。

「なのに……なんで冬月がいなくなるの？」

「……いつの話だよ。いいか与那城、僕は――」

「おーい、玲夏《れいか》？」

横合いからかけられた声に、僕も与那城も、灯火でさえ硬直した。

「もう、こんなところにいたー。なんでお店の前からいなくなっちゃうかなー……あれ？」

与那城《よなしろ》と、その正面にいる僕を見て。

かつて小中学時代、僕の友人であった少女は。

流希《りゅうき》とは別の、もうひとりの幼馴染《おさななじ》み――久高陽星《くだかひせ》は。

「あ、あれ。同じ高校の人かな。玲夏《れいか》のお知り合いさんなんだよね？　初・め・ま・し・てー！」

僕のことなどまるで知らないという態度で。

完全に、僕を記憶から消し去ったように。

――もう何度目になったかわからない『初めまして』を、無垢《むく》な笑顔で僕に告げた。

「ひ……、ひせ」

ほとんど泣きそうな表情で呟《つぶや》く与那城。

僕には何も言えない。

僕だって――何度言われても慣れないのだから。

「久高陽星です！　っていうか……なーんか、これ、もしかしてお邪魔だった感じ……？」

あはは一、と乾いた誤魔化《ごまか》し笑いで、陽星は場の空気を和ませようとする。

僕は、だから、それに乗る。

「どうも、初めまして」

言った瞬間、与那城が弾《はじ》かれたように振り返り、僕を睨《にら》んだ。

けれど僕は構わない。優しい与那城が、この振る舞いにどれほど心を痛めているのか。

それを知っていて何もしない。嫌われて当然だと思う。

「与那城を連れ出して悪かった、久高さん。話は済んだから連れて帰ってくれ」

必要なのは氷点下の心。

何を思ってもいい。自分の心は自分ですら操れない。けれど。

それを表に出しさえしなければ——僕は冷たい人間でいられるのだから。

「もしかして、急《せ》かしちゃったかな？」

首を傾《かし》げる陽星。僕は首を振る。

「いいや。というか、僕も別に連れがいるんだ」

「あ、えと」

置いていかれていた灯火《とうか》が、ぼそりと呟く。

——それを見た陽星が、ぱっと目を見開いて言った。

「あれ？　ああ、やっぱり！　流希ちゃんだ！」

僕の動きが止まった。

そして灯火は、怯《おび》えたみたいに僕を見た。

「なんか久し振りな気がするね！　あれ、なんでだろ。学校同じなのにねっ！」

そう、なのか。

陽星にも、灯火は——双原《ふたはら》流希に見えているのか。

「……ひ、陽星《ひせ》……?」

混乱したのは与那城《よなしろ》だ。そんな彼女に向かって、陽星は。

「玲夏《れいか》は知り合いじゃなかったっけ? 流希《りゅうき》ちゃんとは同じ小学校の同級生だったんだ」

「陽星、あの……何言って」

「そうだ! よかったら、久し振りにいっしょに――……あれ?」

そこで、陽星は。

灯火《とうか》の隣に立っている僕に視線を戻して。


「……あれ、どちら様ですか?」


さきほど自己紹介を交わしたことなど、何も覚えていないという表情でそう言った。

「あ、あれ。挨拶して、ない……ですよね? え、いつからいました!? わわ、ごめんなさい! わたし、なんか失礼なコトを――」

「いえ。大丈夫です」僕は言う。

陽星は一度、灯火を――流希と呼ぶ灯火を――見つけた時点で、僕から意識を切った。

――その時点で久高陽星の中から、冬月伊織の記憶は再び消滅している。

彼女は僕を忘れた。そして僕という存在を記憶できなくなった。

僕と陽星《ひせ》は何度会っても初対面なのだ。陽星の中に、僕という存在は決して残らない。

「すみません、急ぐんで。――行くぞ灯火《とうか》」

「せ、せんぱ……っ⁉」

有無を言わせない。僕は灯火の手を取って強引に歩き出す。陽星も、そして与那城《よなしろ》も、ここに置いていくことになる。

「冬《ふゆ》、月《つき》……！」

怒っているような、あるいは泣きそうな表情を見せる与那城。そうさせてしまうことが申し訳なかった。だけど、僕は冷酷《れいこく》でなければならない。そう思われていなければ。

だから、すれ違いざまの小さな声は、聞こえなかった振りをして。

僕はその場を後にした。

そのまま灯火を引っ張るように、しばらくどこへともなく歩く。

「……せんぱい」

小さく、灯火の声がした。

それで我に返り、僕は灯火の手を放した。

「すまん。急に引っ張って悪かった」

「いえ、それは……わたしはいいんですけど」

「悪かったな、いきなり巻き込んで。エスコートの失敗は認めるよ」

「……伊織《いおり》くんせんぱい。今のは」

両手を胸の前で握り締めている灯火が、小さく言う。

——どうせだ。

ここまで見られてしまったのなら、もう全て話したほうがいいだろう。

というか。そうだ。

なんなら初めからこうしていればよかったのかもしれない。

「見てたならわかるだろ。——星の涙なんてもんに頼った奴《やつ》の末路がこれだよ」

「じゃあ、やっぱり……せんぱいは」

灯火はそこで言葉を止めたが、続く文句はわかっている。

普段なら答えない。でも、今回に限って、灯火に限っては言ったほうがいいだろう。

「そうだよ。僕は中学生のときに、星の涙に願いをかけたことがある」

——そして、大切だったはずのものを失った。

自分の力ではなく、安易な奇跡に縋《すが》った、代償。そいつをしっかり請求され、あっさり破産した愚か者が僕だ。

「今のお前と同じようにな」

それでも。

僕は自分の失敗を棚に上げ、エゴを押しつけるように灯火へ告げる。

「お前も使ったんだろ。姉の――流希《りゅうき》の持ってた星の涙を」

「……やっぱり。それも、お気づきでしたか」

あはは、と乾いた笑いを零《こぼ》す灯火《とうか》。

気づかないはずもなかった。こいつが僕に近づいてきた理由など、ほかにはない。

……上手《うま》くいかないものだ。

ずっと探していたのに。僕と同じように、欺瞞《ぎまん》の奇跡へ縋《すが》ろうとする者を。この一年、馬鹿みたいに探し続けてきた結果が、この無様だった。

「なあ、灯火。……ひとつだけ聞かせてくれ」

「……なんですか？」

「前にしたのと同じ質問だ。お前の姉は――双原流希は元気にしているか？」

あの日。あの丘で訊《き》いたのと同じ問いに。

けれど灯火は――あの日とは正反対の答えを返す。

「酷《ひど》いことを訊きますね、せんぱい。気づいてるくせに」

「…………」

「ええ、そうです。――お姉ちゃんは中学生の頃に、交通事故で亡くなりました。わたしを庇《かば》って――死んだんです」

だとするなら、僕は。

──幼馴染《おさななじ》みの女の子が死んだことを、今日まで知りもしなかったわけだ。

なるほどそいつはクズ野郎だ。学校で言われている程度の罵倒じゃ足りやしないほど。

「なら、灯火。お前が星の涙にかける願いは」

それでも。

それでも自分すら棚に上げ、僕には言うべきことがある。

「──自分の姉を、生き返らせることか」

「その通りです」

と、灯火は言った。

笑顔だった。

「せんぱいも嬉《うれ》しいでしょう？　だって幼馴染みだったんですよね？　いちばん仲のいい友達だったんですよね？　……やめろだなんて、言うわけ、ありませんよね……？」

灯火は、まるで何か縋るものを求めるような顔で、僕に言う。

それでも僕は、あの丘のときと態度を変えない。変えるわけにはいかなかった。

「やめろ」

僕は言った。

灯火が、その笑顔を曇らせた。

「……全部知っても。まだ、そういうんですか」

「星の涙なんてものに縋《すが》るな。お前は今、それがどれほど歪《いびつ》な形になるかを見ただろ」

久高陽星《くだかひせ》が、冬月伊織《ふゆつきいおり》を記憶できないことを。

与那城玲夏《よなしろれいか》が、心を痛め続けているところを。

冬月伊織という、その全ての元凶である男を。

——双原灯火《ふたはらとうか》は確かに見たはずだ。

「やめろ、そんなことに意味はないんだ。都合のいい奇跡に、頼ろうとするな」

「……伊織くんせんぱいは、それを使ったんでしょう?」

「ああ、そうだ。僕は使った。使ったから今、こうして後悔してる」

「それはせんぱいの問題じゃないですか。ただのエゴです」

「その通りだ。別に、同じ間違いをしてほしくない、なんて殊勝なことは言わない。でもそれは無駄なんだ……間違ってるんだよ」

「なぜですか?　なぜ、せんぱいにそんなことが言えるんですか」

「——星の涙には、亡くなった人を生き返らせるような力はないからだ!」

僕は、そのことを知っている。

そして問題なのは、そう。

——果たして灯火が、叶わぬ願いの代償に何を支払っているかという点である。

前兆は、もうとっくに目の前に現れていた。

遠野《とおの》が言った。数学の教師も、陽星だって確かに言っていた。

「いいえ」

にもかかわらず、灯火は言う。

灯火。灯火、なのか？　目の前にいるのは——本当に——……流希《りゅうき》、では……、

「ぐ————っ、ず……あ、ぎぃ……っ!?」

突如、信じられないほどの頭痛が僕を襲った。

頭が痛い。割れんばかりに。

まるで僕の中の何かが、何かに逆らって戦っているみたいな。そんな痛み。

思わず僕はよろめいてしまう。灯火が驚いた表情で僕を——そうだ。

灯火だ。

流希じゃない。

「……っ、思《おも》い留《とど》まれ。流希は生き返らないんだ……灯火」

僕は言う。それ以外にできることはない。

そんな僕を見て、——ふっと、双原灯火は、はにかむような笑みを見せた。

「伊織くんせんぱいだけは、ずっとわたしを《灯火》だと思ってくれてるんですね」

「……、灯火。お前、は……」

「生き返りますよ、お姉ちゃんは。必ず。わたしがそうするからです」

断定するような口調で、灯火《とうか》は言う。

痛みが、やまない。

そのせいか徐々に意識のほうが薄くなっていく。

「だって、伊織《いおり》くんせんぱい。みんな、わたしのことをお姉ちゃんだと思ってるんです」

「……灯火……」

「今日なんか笑いましたよ。朝起きたら、お父さんとお母さんが、呼んだんですよ」

「……っ」

「わたしのことを――流希《りゅうき》、って。すごく当たり前みたいに。疑いもせず」

僕は動けなかった。

頭痛が酷《ひど》い。頭が割れるようだ、なんてレベルはもはや超えている。とうにカチ割れているとしか思えなかった。なぜ自分が生きているのかすらわからなくなっている。

けれど今の僕にはもう――この痛み以外に縋《すが》れるものがない。

「だから、ありがとうございました、伊織くんせんぱい」

灯火が言う。

灯火。そうだ、僕だけはそれを理解している。

絶対に忘れてはならないことだ――。

「もう伊織くんせんぱいから、星の涙の使い方を訊《き》き出す必要はありません。なぜなのか理由はわかりませんが、とっくに発動できているみたいなので。どうしましょう。これで伊織くんせんぱいに近づく理由が、なくなってしまいました。残念ですねー？」

「灯、火……待て、」

「それでは、さようならです——伊織くんせんぱい」

灯火は言った。

別れの言葉を告げると同時に。

「——次はせんぱいも、きっとお姉ちゃんに会わせてあげますから」

そのまま去っていく灯火を、追いかける余力が僕にはなかった。

# 幕間《まくあい》『双原流希《ふたはらりゅうき》』

「――流れ星を拾いに行こう！」

最初にそんなことを言い出したのは、さて、誰だっただろう。

流希だったような気もするし、僕が自分から言い出したような気もした。

小学生と絡んでいる、と知られるだけでご父兄諸氏に顔を顰《しか》められかねない、全身不審者のナナさんから教わった《星の涙》の伝説。この話が、僕は好きだった。

古来から《願いを叶《かな》える万能の道具》の話は枚挙に暇《いとま》がないが、そのハードルも相応に高いのがお約束だ。魔人が出てくるランプは砂漠の迷宮にあるはずだし、七つのボールを集めようと思えばそれこそ世界中を巡らなければならない。

その点、空から降ってくる流れ星が、自分の住む街に落ちたというなら話は楽だった。冒険が近所で済むのなら、元手もまったくかからない。

降っている間なら願いを三回唱えるだけで叶えてくれるはずが、落ちてしまうとなぜか交換条件を要求してくるのは困ったものだが、その辺りは星側にも言い分があるだろう。

そもそも。僕には別段、叶えたい願いがあったわけじゃない。

小学生の僕にとって、七河《ななかわ》公園の丘は冒険の終着点として格好の場所だったのだ。最後には《星の涙》というご褒美まで待っている。ひと夏の想《おも》い出《で》として、これ以上はない。

——ただ、《流れ星をみんなで拾いに行った》という過程が欲しかっただけ。そういうことだったのだ。

だから、僕は流希とふたりで星を探しに行った。僕の記憶では、そうなっている。

「悪いことをするなら夜に限る。お天道様が見てない夜こそ、悪事を働くチャンスだぜ」

流希からそんな言葉を聞いたのは、そのときだっただろうか。

よく覚えていない。当時のことを思い出そうとすると、今でも頭に靄《もや》がかかる。

「でも、太陽の代わりに星が見てるぞ。俺たちが悪いことしてるの、バレてるじゃんか」

確か僕は、そんなふうに答えたのだったか。

天邪鬼《あまのじゃく》な性格は、実のところ、あの頃とあまり変わっていない。

「だからいいんじゃない」

そんなふうに、流希は言っていた。

あのときの僕には、その言葉の意味なんてわからなかった。

「——だって。それでも誰かは見てくれている。いいところも悪いところも。それって、素敵なことじゃない？　きっとわたしたちは、誰かが見てくれてないとダメだからさ」

「そういうものかな」

「そうだよ。少なくともわたしは、伊織《いおり》くんが見ててくれたら楽しいし！　最近はあまりいっしょにいられないけど、だからこそ、今までよりもそう思うな」

ああ。そういえば、そんな会話をしたのだったか。

徐々に記憶が想起されていく。脳の、あるいは心の奥深く、鍵をかけて封じられていた思い出が解かれるように。そのことを思い出せと、まるで誰かに告げられるような。

だから僕は、これが《夢》だと自覚した。

僕の頭はぐちゃぐちゃだ。自分で星の涙を使ったのは一度きりだし、そもそも二度目はないけれど、星の涙が関係する事件に関わったのは一度だけではないのだから。そいつが関わっている以上、きっとどこかで思い出が歪《ゆが》んでいる。

陽星《ひせ》が、僕を記憶していないように。

灯火《とうか》が、流希《りゅうき》であると認識されているように。

僕が、どうしても思い出せないものがある。

こいつはきっと、夢の中だけで許されたお伽噺《とぎばなし》みたいなもの。起きればその記憶をまた失う、どこかで空に返してしまった——大事だったはずの、何かなのだ。

「これが、友情の証《あかし》だよ！」

夢の中で流希が言う。

その笑顔を。僕はもう二度と見ることができないのだと思い知らされてしまう。

けれど、それは当然のこと。

「使わずに取っておく、友情の証。大人になっても、いつまでも！　星の涙を持っている限り、友達でいようって誓えるでしょ？　だって友達でいることなんて――お星様に頼むことじゃないんだから！　わたしたちには必要ないってもんだぜ、そうでしょ？」

その約束を、僕は破った。

星の涙に頼ってしまった。

「ね、伊織《いおり》くん！　伊織くんは、わたしの初めてのお友達だから。だからさ」

そうだ。双原《ふたはら》流希は、僕にとって初めてできた友達だった。

いちばん大切な友達だった。

なのに――。

――次に会うときも、きっとまたわたしと、友達でいてね――。

# 第四章『双原灯火《ふたはらとうか》』

## 1

目を覚ましたとき、零《こぼ》れていた涙に気がついた。

何かの夢を見ていたような。けれど、何も思い出すことはできない。

「……、家か」

のそりと上体を起こして、僕は確認するように呟《つぶや》く。

家に帰ってくるまでの記憶が飛んでいた。

代わりに、というのも変だが、あのふざけた頭痛も今は感じない。僕はまだ灯火を記憶している。双原灯火を知っている。ああ、いや、それとも逆か？　流希《りゅうき》のほうを灯火だと勘違いしている、なんてことはないだろうな？　くそ……これだから星の涙は厄介だ。

自分の認識にさえ、自信が持てなくなってくる。

間違っていないという確認が、すでに間違っているのではないかという恐怖。

いや、いい。考えてもわからないことを考えるな。それより、どうして家にいる？

灯火が立ち去ったあとのことは、どうやっても思い出せそうにない。なんとか自宅まで自力で帰ってきて、そのままベッドにぶっ倒れたのだろうか。

その想像が間違っていることは、ベッドの片隅に置かれた書き置きが教えてくれた。

流麗な字。残されたメモ書きに僕は目を落とす。

『伊織《いおり》先輩へ。意識が不確かだったから、目覚めたとき不安に思わないよう、書き置きを残しておく。

端的に言うと、死にそうなくらい顔色の悪い伊織先輩が、露店まで戻ってきた。ひとりだった。私が駆け寄ると、先輩は「ナナさんを呼んでくれ」とだけ言い残して、そのまま気絶してしまった。（正直に言って、本当に死んだんじゃないかと思ってかなり焦った）

私はナナさんではなく救急車を呼ぼうとしたが、そこへ図ったみたいにナナさんが姿を現し、そのまま車で伊織先輩を家まで運んでくれた。以上。起きたら連絡が欲しい。

――生原《はいばら》小織《こおり》』

どうやら、僕は頭痛で朦朧《もうろう》とした意識のまま、小織を頼って露店に戻ったらしい。

正確にはナナさんを頼ったのだろうが……しかし、小織には迷惑をかけた。僕は小織にスマホから『書き置き読んだ。ありがとう。埋め合わせはいずれ』と連絡を送る。

既読はすぐにつき、メッセージではなく着信があった。それに出る。

「小織か？　悪い、迷惑かけたみたいだな」

『ん……伊織《いおり》先輩こそ大丈夫かな？　顔色が、青を通り越して土気色だったんだけど』

「急に頭痛に襲われてな。今は平気だ。本当に助かったよ」

『……うん！　それなら、どういたしましてだよ、伊織先輩。頼ってくれてよかった』

柔らかな小織《こおり》の声に癒《いや》される気がした。

本当に、いつか何かで埋め合わせが必要だ。

「お礼はいずれな」

『構わないよ。私だって、ナナさんが来なければどうすればいいかわからなかった。伊織先輩が、目の前で急に倒れたんだ。後輩としては、本当に弱ったよ』

「あー……悪いな」

『なにせ私は胸が薄いからね。もっと豊満なら、気持ちよく受け止めてあげられたのに』

「弱った理由が想像の遥《はる》か向こうだったわ」

『冗談だよ。とにかく、大事がないようでよかったです、伊織先輩』

と、そこで敬語になる小織。

彼女なりの気遣い、ということか。雑談で僕の調子を通話越しに探ったのだろう。

……ついでだ。電話口の小織に僕は問う。

「妙なこと訊《き》くが、小織。今日、僕といっしょに露店に来た奴《やつ》の名前、覚えてるか？」

小織は当たり前のように、こう答えた。

『ん？　ああ、――双原流希さん、だよね。それが何か？』

「……いや、ありがとう。それじゃ、また連絡するよ。じゃあな」

『ん、わかった。お大事にね、伊織先輩。また』

そこで通話を切り、僕はスマホをベッドの上に放った。

流希《りゅうき》。その名前を小織は一度だって聞いたことがないはずだ。

仮にあったとしても、このタイミングで灯火《とうか》と混同するはずがない。

にもかかわらず小織も、灯火のことを《流希》として誤認してしまっている。

認識が――歪《ゆが》められている。

「…………」

自分で放り投げたスマホを再び手に取る。

灯火に連絡を取ってみるべきか。取ったとして灯火は応じるのか。つらつら思索の穴に嵌《は》まったまま、手癖でアプリに残っているはずの、灯火のトーク履歴を開いた。

そこには別れる前、小織に撮ってもらった灯火とのツーショット写真が載っている。

だが僕の脳は、それを双原灯火だと同定できない。

「…………マジか」

写真の輪郭がどうにもぼやけていた。

僕の隣に少女がいる。それが誰なのかが不鮮明なのだ。写真がどうこうではなく、僕の脳がその認識を受け取っていないような感覚。

——双原灯火《ふたはらとうか》という存在そのものが、どんどん薄れてしまっている。

理由は考えるまでもない。星の涙の、代償だ。

灯火は、自分の姉を——事故で亡くなった双原流希《りゅうき》を生き返らせようとしている。

確かにそれは、星の涙のような奇跡にでも頼らなければ、実現不可能だろう。誰だってそう考える。けれど、そのために何を犠牲にできるかは人によるはずだ。

では双原灯火が、奇跡の代償として支払おうとしているものは、いったいなんだ？

もはや答えは明白だった。

——おそらく、灯火は自分自身の存在そのものを代償に支払おうとしている。

それを、星の涙が求めたのだろう。だから灯火という存在に、流希という認識が上書きされてしまっている。双原流希ではなく、双原灯火が死んだ世界に塗り替えるために。

遠野《とおの》や小織《こおり》たちの《灯火》に対する認識が、《流希》にすり替わってしまっているのはその影響だろう。

「僕だけ、なのか？　このことを、今も認識できているのは……」

星の涙の効果が僕にまで及ばないのは、わからないが、同じく星の涙を持っているからか。違う要因も考えられるが、正直わからない。僕だって星の涙の全ては知らなかった。使い方だって、その効果だって、経験から逆算した結果論だ。けれど。

いずれにせよ重要なのは、効いていないという事実だけだろう。

もしもこの世界で今、双原灯火を見つけられる者が、僕だけだとするのなら。

「──ふんっ！」

僕は、自分の頭をブン殴ってみた。

割と容赦なくやったが、頭よりむしろ手のほうが痛い。頭が固いんだよな、僕は。

まあでも殴った甲斐《かい》はあった。

「……わかる」

灯火のことがわかる。

さきほどまで認識できなかった、写真の中の双原灯火を認識できる。痛みだろうがなんだろうが、それで灯火を認識し続けられるなら、何度でも殴りつければいい。

笑っている。

とても楽しそうな表情で、そして少しだけ恥ずかしそうに、ピースサインをしながら。

生きている双原灯火の姿を、僕はそこに見つけ出した。

──考えろ。僕がするべきことはなんだ。

灯火の望みを叶《かな》えてやることか。いつか僕も、灯火は死んだ人間だと思い、写真の中で笑う少女を流希だと思って過ごすのか。それで本当にいいのだろうか。

ああ確かに僕は今だって、灯火より流希との想《おも》い出《で》を多く持っている。幼馴染《おさななじ》みの妹という程度の認識しか、つい先週まで灯火《とうか》には持っていなかった。

義理はあろう。灯火に対してではなく、流希《りゅうき》に対して。今は亡き親友の妹を守ってやることができるなら、多少の犠牲くらいは呑《の》み込《こ》んだっていい。

ではこの場合、どうすれば灯火を守ったことになる？

灯火の思う通りにさせてやるべきか。僕がすべきは灯火が消えるのを甘んじて待つことなのだろうか。

「……いや」

それはあり得ねえよな、僕。

天下の氷点下先生が、後輩に言われるがままなんて、そんな話はないってもんだ。

自分で言うのも恥ずかしすぎるが、僕は自分が冷酷《れいこく》であるべきだと信じている。

だったら僕は、願いを叶《かな》える邪魔をしよう。

人の願いを踏み躙《にじ》ろう。

僕は、僕ではない誰かが、僕と同じ過ちを犯すことを決して許さない。

安易な奇跡に縋《すが》ろうとする者を僕は絶対に認めない。

おぞましいエゴだ。かつて自分が縋った奇跡を、自分ひとりのものとして独占しようというのだから、これほど傲慢なことはない。これは徹頭徹尾、自分のためだけの行いだ。

それでも、たったひとつだけ、譲れないものが僕にはあるから。

「……行くとするか」

目指すは灯火の家である。この時間だ、まさか家にいないということはないだろう。

幸い、今でも道は覚えているのだ。

双原《ふたはら》の家のご両親には、とてもお世話になったのだから。

2

「ご飯よー！」

という声が二階にまで響いていった。

温かな家庭。いやまったく、もう夜の七時だというのに、こんな時間に押しかけるとは常識のない男である。でもお宅の娘さんも朝からうちに来たんだし、許してね、っと。

階段をゆっくり下りてくる足音。

果たして、灯火の第一声はどうなるだろう。

若干、意地の悪い期待を抱きながら、僕は椅子に座ったままで、リビングルームの扉が開かれる瞬間を待った。

数秒後。二階の、おそらくは自室から降りてきた灯火が、リビングに入ってくる。

俯《うつむ》きがちの沈鬱な顔だった。

だからだろう、灯火《とうか》は夕食が並べられた双原家のリビングに思いっきり僕がいるという異常に、すぐには気がつかなかった。いつもはお父様が座っている席だそうで、どうも。

僕はまっすぐ灯火を見る。

いくら灯火でも、母と自分だけのはずの家に、謎の男がいればすぐ気づくだろう。

「……………………………………………………………………え？」

顔を上げた灯火が、目をまんまるに見開いた。

絶句だった。

「よう。お邪魔してるよ、灯火」

僕は言う。片手を上げて、めっちゃ当たり前みたいなツラで。

灯火はもう完全に凍りついていた。

「久し振りに来たけど、やっぱり双原《ふたはら》家の夕食は美味《おい》しそうだな。お母さん、料理上手で羨ましいよ。小学生の頃に何度かご相伴に与《あずか》ったんだけど、覚えてるか？」

「……………………………………………………………………」

何も言わない。

僕をまっすぐに見つめたまま、ほとんどマネキンになっていた。

僕はしれっと立ち上がる。

「ああ、お母さん！　せめて料理を運ぶくらいはしますから！」

キッチンのほうから顔を覗《のぞ》かせて、双原家のお母様が笑顔を見せてくれた。

「いいのいいの！　伊織《いおり》くんは座っててていいから。ほら、灯火！　ぼさっとしてないで、あんたは働きなさい！」

「……、……、……、……」

ぎちぎちぎち、と油を注《さ》し忘れたブリキのロボットみたいな挙動で振り返る灯火。

そしてそのまま再び、ぎちぎちぎち、と僕のほうに顔を戻す。

キッチンから料理を運んできてくださったお母様が、灯火に向けて。

「まったく。伊織くんと同じ学校になったなら教えてくれればよかったのに！　お母さん久し振りで張り切っちゃったー。灯火？　何ぼさっとしてんの。早く座りなさい」

「すみません。僕がいきなり訪ねてきたせいで、驚かせちゃったみたいで」

「昔から引っ込み思案な子だから、ねえ。こういうこと言うのもなんだけど、伊織くん、学校でも灯火のことよろしくね？」

「任せてください。最近、灯火は朝から僕の家に来るんですよ。ははは」

灯火が動かないので必殺の親チクリを繰り出した。

だいぶ最低だった。

「こら灯火、あんまり伊織くんに迷惑かけるんじゃないの。まったくはしたないったら」

「いえ、僕はぜんぜん。一度なんて、お弁当を作ってくれたんですよ（チクリ２）」

「へぇえ、灯火《とうか》が！　ああ、あの日のアレ、そういうことだったの。なるほどねえ……」

「…………………………………………………………………………………………なっ、」

ようやく、灯火がリアクションを取った。

徐々に徐々に、状況を理解するとともに肩を震わせながら。

「なっ、なっななななんっ、な――いおっ、えっ、なんっ、は……えっ!?　なんでえっ!?」

これまでのノーリアクションが嘘《うそ》のように、一瞬で沸騰して顔を真っ赤にする。

僕はもちろんクズなので、一切の容赦なく追い討ちをかけていった。

「よう、灯火。さっきぶりだね（外面笑顔）」

「いやいやいやっ、えっ？　え、ちょ、意味、意味わかんなっ、いや……はいぃっ!?」

「それがちょっと、いろいろあってこうなってね（事実上何も説明していない説明）」

「いや、――いや本当に聞かせてくださいよ意味わかんないんですけどおっ!?　おお、お母さんっ!?　なんで!?　なんでせんぱいがウチにいるの!?　わたし聞いてないっ!!」

助けを求めるように、自分の母親に灯火は向き直る。けれど、

「こーらっ。わざわざ訪ねてきてくれたのに、そんな言い方はないでしょう」

「わたしが怒られちゃうの!?　おかしくない!?」

「いえいえ、お母様。僕のほうこそ、こんな非常識な時間に、申し訳ないです。わざわざ

お夕飯まで頂くことになってしまって（灯火に対する状況説明）」

「どーしてそーなるのおっ!!」

——どうしてだろうね？

いや。

正直に言えば、僕もこうなるとは思っていなかった。

お母様の押しが強かったから、断れなかったんだよな普通に……。

まあ、ともあれこれで灯火の逃げ場を塞ぐことには成功した。完全に結果論だが、結果よければ全てよしという意識で行くことにする。

というわけで、僕は灯火にとどめを刺《さ》すことにした。

これが必要な行いなのかと問われれば、答えはもちろん肯定だ。灯火を追い込み逃げ場をなくして、ここで捕まえておく必要があるのだから。あるのだから。うん。

「にしても、灯火」

「いやだからなんで普通!?　なんでそんなナチュラルな感じっ!?」

「まあまあ。ちょっとお前に言いたいことがあるんだよ。聞いてくれないかな」

「なんですかこれ以上なんなんですか！　意味わかんないしいっぱいいっぱいだしもう何これどうなってるの、うわぁんっ！」

「灯火」

「だからなんですか！」

「いや。……かわいいパジャマ、着てるんだな？」

「……………………………………………………………………」

そう。灯火《とうか》はパジャマ姿だった。

油断していたのだろう。自分の家で気を張っているほうが、まあ、おかしいけれど。

もこもこした、寒がりの灯火らしいパジャマ——なのだろうか。着ぐるみめいたそれは
僕でも知っている動物のキャラクターもの。

「それ、パッチーだよね」

僕は言う。《パッチワークネズミのパッチー》と言えば、体中がツギハギになっている
目の死んだネズミのキャラクターで、妙にホラーめいた外見ながら妙に女子には人気だ。

灯火はフードまで被《かぶ》っており、僕も実際、初めてそれをかわいいと思っていた。

——男には見られたくないだろうということくらい、僕にだってわかる。

「超かわいいぞ、灯火（真顔でトドメ）」

「………………………………………………………………ば、」

直後、罵倒語の中では最も有名であろう、二種類の動物の感じを組み合わせたあの台詞《せりふ》
が、灯火の絶叫として響き渡った。……南無。

「ばかあああああああああああああああああああああああああああっ!!」

3

結局、灯火はいっしょに夕食を食べることを断固として拒否した。

叫ぶなり二階へと向かった灯火は、ほどなくして戻ってくるなり僕を掴《つか》み、

「来てくださいっ！　いいから早く今すぐにっ!!」

今まで最も顔を赤くして、ほとんど涙目になった灯火に言われては、僕としても了承するほかない。

お母様にすみませんと告げて、引きずられるまま灯火の自室へと招待された。

僕を部屋に入れるか、母親といっしょにいさせるか。苦渋の決断で、灯火は前者を選択したらしい。……なんか、ごめんね？

「ばか。ほんとばか。ありえない。さいあく。しんじられない。せんぱいのばか。きらい」

灯火はベッドに腰を下ろし、ぶつぶつと僕に呪いを吐く。

「別に僕、何も悪いことはしてないと思うんだけど」

「いきなり来ておいて!?」

「それ、灯火にだけは言われたくない」

「……む、ぐぅ……」

言い返せず、ただ僕を睨《にら》みつけるしかない灯火《とうか》だった。頬《ほお》を膨らませて怒っている。

――しばらくふたりで、無言のまま過ごした。

数秒か、あるいは数分だったか。どこか心地のいい時間を灯火が崩した。

「……喧嘩《けんか》してたと、思ってたんですけど」

「はあ？　いつ、どこで、誰と誰が？」

「いやあの、だから……せんぱいとわたしが」

「してないだろ、別に」

確かに灯火は言うだけ言って逃げ出したが。

僕が追えなかったのは、単にぶっ倒れたからである。喧嘩も何も、まだ僕は言うべきを全ては言っていない。

「……だって、わたしがせんぱいに近づいたのは……あくまでっ」

「わかってるよ」

あの丘で再会してから、ずっと感じていた違和感。

灯火の願いが、姉を生き返らせることだというなら、逆に言えば今日まで灯火の行動は全て願いのための行いだった。

ならば僕に付き纏《まと》っていた理由は。

「星の涙の使い方が、わからなかったんだろ。だから僕から聞き出そうとした」

「……はい。せんぱいなら、知っているんじゃないかと思ったので」

願いを叶《かな》える星の涙も、使い方を知らなければ単なる小石だ。わかりやすいスイッチがあるはずもないし、願っているだけで発動する保証もない。実際、灯火《とうか》だっていろいろと試すくらいはしたのだろう。

そこで、あの丘で僕を見つければ――一縷《いちる》の望みをかけて付き纏《まと》いもするわけだ。

「残念でしたね。かわいい後輩のひと目惚《めぼ》れじゃなくって」

灯火にしては珍しく、それは自嘲めいた発言だった。僕は軽く笑って、

「んなこと最初から気づいてたっつーの。初対面じゃないとはいえ、実質同じようなもんだったろ？　それで家まで押しかけてくるとか……別の理由があるに決まってるわな」

「……やっと見つけた、手がかりだったんですよ？　仕方ないじゃないですか」

「しかも結局、僕に聞くまでもなく自分で使えてたわけなんだろ。無駄足だったな」

「痛いとこつきますよね、せんぱい」

――七河《ななかわ》公園の丘で星の涙に願いを祈る。

強く、強く。流れ星に願いをかけるのと同じように三度繰り返して。

僕が知っている、星の涙の使い方はそれだった。灯火は場所の条件を偶然にも満たしていた。そう考えれば、トリガーを引いてしまったのは僕だったのかもしれない。

　その願いを本当に星が叶えてくれる――そう信じていなければ、星の涙は発動しない。少なくとも僕はそう聞いていた。

「気がついたのはどのタイミングなんだ？　自分が、星の涙を発動できたって」

「……家まで会いに行ったときには、何かおかしいなと思ってはいました。近所の人に、来年は受験よねー、とか言われて。それで、アレ？　って」

「ん、そうだったのか。思ったより早いな……いやでも、そうか」

　思い返せばあの朝、僕に会ったときから、灯火の様子は妙ではあった。今から思えば、という話で、僕は気づいていなかったけれど。

　灯火の願いもわからなかったし、変化らしい変化も見当たらなかった――その上で僕に接触したということは、まだ使い方がわかっていないのだと思い込んでしまった。

「でも、それなら僕に近づく必要もなかったんじゃないのか」

「……せんぱいのせいですからね？」

「僕？」

「先輩にまったく通じてなかったから、わからなかったんです。わたし、もしかして使い方を間違って、失敗しちゃったんじゃないかと思って……」

「……そういうことか」

　灯火は、自分が星の涙を発動した自覚を持っていなかった。いや、発動に失敗した、と考えていたのだ。

実際、それは僕にだけは通用していなかった。星の涙がもたらす変化そのものも、一度にではなく徐々に行われた。だから灯火《とうか》自身にもわかりにくかった。

あのタイミングで僕と会ってしまったことが、事態を複雑にしていたわけだ。

「なるほど。それで、僕から答えを聞き出そうとした結果があの態度、ってことか。いやまったく小悪魔じゃなかったけどな」

「うっ……あ、あれでも、わたしなりに考えて、ですねっ」

「考え？」

「いろじかけ……と、いうか。かわいい後輩にならポロっと教えちゃうかな、的な……」

「――ハッ」

「鼻で笑われましたっ⁉　くぅ……」

灯火は僕に対して、明るく小悪魔っぽいキャラクターを演じ続けていた。

どこか演技めいたそれは、灯火の被《かぶ》った仮面だった。僕に取り入ろうと考えたのだろうが、それでできたのがアレだというのなら、かわいらしい話ではある。

――いや。僕が思うに、灯火があのキャラクターを選んだ理由はほかにもあるのだが。

本来なら、灯火はもっと引っ込み思案な性格だ。現に教室まで見に行ったとき、灯火はぽつんとひとりで座っていた。

まあ、初めから無理のある作戦だったということだろう。

色仕掛けて……、アホめ。

「でもせんぱいこそ、今日のうちに家まで押しかけてくるとか想定外ですよ……」

灯火はわずかに視線を落とす。

ただ僕は、何も灯火に会いに来たというだけではない。

「あんな話を聞けば、そりゃ来る気にもなるさ。本当ならお前に頼むはずだったんだが」

「最初から来る気だったんですか？」

首を傾《かし》げる灯火に、僕は頷《うなず》く。

「当たり前だろ。……流希《りゅうき》に線香をあげるくらいは、僕にもやらせてもらいたかった」

「っ、そう……ですか。だからお母さん、あんなに……」

「今日の今日まで先延ばしで、こっちは罪悪感でいっぱいだったけどな……」

さきほど、灯火が降りてくる前に、流希への挨拶は済ませてある。

どう転ぶにせよ、たった一度でもその機会に恵まれたことが、僕は嬉《うれ》しかった。

「でも、その甲斐《かい》はあった。少なくとも、お前の親は、お前が灯火だと思い出しただろ」

「あっ……！」

灯火が目を見開く。

僕がいるという衝撃で気づかなかったみたいだが、そういうこと。

まったくの他人ならともかく、灯火《とうか》に近しい人間なら、あるいは星の涙の干渉を退けることができるのではないか。そう思って、僕は灯火の母と話をした。

そして実際、彼女の母は娘の名前を思い出している。僕の目論見《もくろみ》は成功したわけだ。

これは仮定だが、おそらく《願いの影響する範囲》が広すぎるのだと思う。灯火という人間を流希《りゆうき》だと認識する――その対象は、全人類と言っていい。いかな星の涙でも、その規模の現実改変を一度には行えない。だからつけ入る隙があった。……根拠はないが。

きっとその場凌《しの》ぎだ。根本的な解決ではないし、おそらく僕が帰る頃には、また母親も灯火のことがわからなくなるだろう。このままでは。

「……やっぱりわたしを、止めにきたんですよね」

当然だ。肯定する必要さえ感じないほどに。

いや。だからこそ、僕はあえて違う話をしようと、灯火に告げる。

「今日は思い出話をしにきたんだ。僕の、な」

「思い出話、ですか？」

「僕にとって双原《ふたはら》流希は、覚えてる限りで初めてできた友達だったからな。これは前にも言ったっけか。まあそういう話だ」

今にして思えば、かなり頭のいい少女だったと思う。少なくとも同い年の僕より遥《はる》かに大人びた考え方をする奴《やつ》だった。

それでも馬が合ったから、きっと僕らは親友だった——今だってそう信じている。

「悪戯《いたずら》好きな奴だったからな、流希は。いつもふたりで悪巧みばっかかして、そんで大人に怒られてた。あちこち遊び回ってたのを覚えてる」

「……せんぱい」

小さく、震えるような灯火の声。

それに僕は答える。

「なんだ？」

「伊織《いおり》くんせんぱいにとって、お姉ちゃんは……もう、思い出なんですか」

「そうだ。その通りだよ、灯火」

「……本当に酷《ひど》い人ですね、せんぱいは」

そりゃそうだろう。

今さらだ。僕はただ、思い出を語る。思い出として。

「毎日いっしょに遊んでたんだが、ある時期から少し疎遠になった。覚えてるか？」

「お姉ちゃんの病気が、悪くなった頃ですよね」

その通り。僕は静かに頷《うなず》いた。

——双原流希は体の弱い少女だった。

日常生活を送ることも、なんなら外で遊ぶことも当時はできたが、ある頃から入退院を繰り返すようになり――それは、小学生にとっては疎遠になるに充分すぎる理由だったのだと思う。

「流希《りゆうき》は隠してたみたいだけどな。病気を抱えてるのは知ってたから、遊べなくなる理由くらいは、さすがの僕でも察しはついた」

「……退院したら、また伊織《いおり》くんと遊びたい。お姉ちゃんはそう言ってました」

「そうだな。……僕だって、そのつもりでいたよ。嘘《うそ》じゃない」

言ってから、たとえ嘘ではないにしても、あまりに言い訳がましいと首を振った。

病気の都合で、流希は別の学区の中学に入学し、卒業後は二度と会うこともなかった。

僕はかぶりを振る。

灯火《とうか》に話すべきはその先の話だ。

「……流希が入院してる間、だったんだろうな。小学校の中学年くらいか？　遊び相手がいなくなった僕は、新しい友達を探してた」

「なんか、伊織くんせんぱいから出てくる言葉とは思えませんね。友達を探すとか」

「反論しづらいな……まあいい。そこで新しくできた友達が、久高陽星《くだかひせ》だった」

「今日会った方ですよね。……本当に、せんぱいと友達だったんですね」

「今は違う。純粋に事実として、あいつは僕のことを覚えていない。あいつの中から僕は綺麗《きれい》に消え去ってる。これから刻まれることも、絶対にない。……二度と」

「……あの怖い先輩は」

「与那城《よなしろ》か。あいつも中学が同じでな、陽星……久高とも仲がよかったんだ。だからこそ今の状況が許せないんだろう。他人のために怒れるんだから、まあ、いい奴《やつ》だよ」

「せん、ぱいは……」

言いかけて、灯火の言葉がそこで止まる。

これは僕の失敗談だ。今からそれを灯火に聞かせる。

どうせ、ほとんど知られたも同然だ。なら説明してしまっても構わないだろう。

「……久高とは小学校で知り合って、同じ中学に入った。流希とは別の、もうひとりの幼《おさな》馴染《なじ》みと言ってもいい。ただ、性格はどっちかっていうと逆向きだったな。大人しいようでやんちゃだった流希とは逆で、久高は明るく見えるが芯の弱い……そんな奴だった」

「わたしと……少しだけ、似てるかもしれませんね。それは」

小さく言う灯火。かもしれない。

「灯火も、小学生の頃とはずいぶん印象が違う」

「……そうです、ね。わたしは……なんというか、怖がりな子どもでしたから」

今日の昼休みのことを僕は思い出していた。

あのとき、灯火は教室で誰とも話すことなくひとりで座っていた。

何度も家に押しかけて、教室にまでやって来ては、上級生の視線も気にせず笑っている双原灯火《ふたはらとうか》のイメージからは想像もできない姿だ。

　しかし、小学生の頃の灯火のイメージは、いつも姉の後ろに隠れているような、そんな引っ込み思案で怖がりなもの。普段の灯火は僕の知っていた灯火らしくない。

　むしろ僕に見せる振る舞いが――灯火というより流希を思わせるのだ。

「中学二年のときだった」

　それらの違和感を、今は流して僕は続ける。ここからが本題だ。

「久高《くだか》が、女子の間でいじめのターゲットになった」

「っ、」

　はっと息を呑《の》む灯火。その表情が苦く歪《ゆが》んだ。

　酷《ひど》い話を聞かせる、酷い先輩だ。

「理由は……なんだったんだろうな。今となってはわからない。もっともらしい悪口なら何度も聞かされて、そのたびに嫌な気分になったが――久高本人はこう言ってたよ」

「――順番が回ってきたから、ですか？」

　僕が言うよりも早く、陽星《ひせ》の言葉を灯火が言い当てた。

　そのことに、僕は驚いて硬直する。灯火は笑みとは言えない笑い顔をして、

「まあ、察しはつきますよ。だいたい。わたしも女子ですから」

「……すげえな。僕には意味がわからなかった。でも確かに、久高もそう言ってたよ」

「それで……どうなったんですか？　せんぱいは、どうしたんですか？」

灯火が僕に訊《たず》ねる。

それを訊《き》いてくれることに、僕は安堵《あんど》していた。

「――庇わなかった」

「……、それは」

「僕が庇《かば》ったりすれば、より酷くなるから――久高自身にそう止められた。放っておけば次に回るだけの話で、もし僕が下手に首を突っ込んだら、最悪の場合、回るはずの順番が久高で止まってしまうかもしれない。……納得はできなかったが、そうしたよ」

「正解だと……思います。わたしは。似たようなことはわたしも見てきましたから」

その程度の、ありがちな話ではあったのだろう。

それが、たとえ陽星が受けた苦痛になんの救いももたらさない事実だとしても。

「理屈じゃないんだと思うんです。たまたまそのとき、いろんな人が抱えてる嫌な感情の捌《は》け口《ぐち》に選ばれてしまうことがあって、だけど……だから、どうしようもなくて」

「……、」

「あ、いえ。別にわたしの話じゃないですよ。そんな顔しなくても大丈夫です、せんぱい」

「まあ実際、与那城《よなしろ》みたいに加担しない女子もいたしな。あいつは表立って久高を庇った数少ない人間だった。ただまあ、それは与那城も女子だったからできたことらしくてな」

「そうですね。伊織《いおり》せんぱいは男子なので、それだけでできないこと、あったと思います」
だとしても言い訳にはならないだろう。
当時の僕ですらそう思っていた。
「結局のところ、僕は間接的に手を出したんだけどな。もともと仲はよかったし、だから
いっしょにいておかしいってことはない。直接やめろと言ってやることはできなくても、
隣にいて支えてやることくらいはできる——いや、せめてやるべきだと、僕は思った」
「……カッコいいですね」
「どうだろうな……それが結局、本当は回るはずだった順番を、久高《くだか》のところで固定した
原因だったのかもしれない。僕はそう思ってる……余計なことを、したんじゃないかと」
灯火《とうか》は押し黙った。想像ができたのだろう。
決して正義感ではなかった。だって、もし陽星《ひせ》の順番が終わったとすれば、それは別の
誰かへターゲットが移ったということでしかないのだから。
そのとき僕は、陽星に対してやったのと同じことをしたか——答えは間違いなく否《いな》だ。
迫害されているのが陽星でなければ、僕はおそらく気づくことすらできなかった。その
程度の考えで、正当性を主張する気はない。
ただ別に、それを悪いと思っているわけではないのだ。
僕の後悔は、あくまで僕が——結局は陽星すらも助けられなかったことに起因する。

「順番とやらは最後まで、久高から移ることはなかった。一度も。それどころかどんどんエスカレートした。さすがに僕も、もう見て見ぬ振りはできなくなるくらいに」

何が起こったかなんて思い出したくもない。

ただ、それらは陽星という人間を壊すのに充分すぎる地獄だった。

「……久高はずっと、自分は大丈夫だと言い続けてた。その久高がもう耐えられないと、泣きながら弱音を吐くところまで来たとき——僕にできることはもう、何もなかった」

——『なんで、わたしだけ、こんな目に遭わなくちゃいけないんだろう……?』

——『何もしてない。悪いことなんて何もしてない。わたしだけはやってないっ!』

——『なのに……ねえ、もう……無理だよ。助けてよ……伊織ぃ……っ!!』

「そこからいじめを止めることはもう不可能だった。自分の無力さを思い知って、僕にはもう、自分なんてものは信用できなかった」

「……せん、ぱい……」

「だから、——僕は《星の涙》に頼ることにしたんだ。奇跡の石にでも縋《すが》るくらいしか、もう、久高を助けられる方法がわからなかった」

僕は星の涙を持って丘に向かい、満天の星に祈りを託した。

どうか。どうか陽星《ひせ》が、いじめられることがなくなりますように――。

――その願いを、星の涙が聞き届けた。

「願いは叶《かな》った。それ以降、久高《くだか》陽星がいじめられることは二度となくなった」

「……、」

灯火《とうか》の表情が無言のうちに、話の続きを求めていた。

その通り。これがハッピーエンドなら、僕はこんなふうにはしていないだろう。

「次の日になって学校に行った僕は、教室で久高が笑っている姿を久し振りに見た。僕の願いが叶ったんだと、そのときになって初めて知った……」

笑うことすらできなくなって、死にたいとすら僕に言った少女が。

教室の真ん中で、多くの友人に囲まれながら、しあわせそうに笑みを浮かべていた。

だけど。

「――久高は、すごく楽しそうだった。それまで自分をいじめてた連中と、まるで小さい頃からずっと友達だったみたいに笑い合ってたんだ。何も、なかったみたいに」

あの光景ほどおぞましいものを、僕はひとつだって見たことがない。

嘘《うそ》で塗り固められた、しあわせという名の奇跡。出来の悪いお遊戯会のような現実。

「いや。事実、全部がなかったことになってた。久高はいじめられていたことなんてもう覚えてもいなかったし、久高をいじめていた連中は、久高のことを親友だとばかりに振る舞っていた。……控えめに言って、最悪の光景だったね。吐き気がしたよ」

実際、僕は本当に吐いている。

教室を飛び出し、その足で学校のトイレに向かって、朝に食べてきたものを全て便器の中へ胃液ごと戻した。その、あまりにおぞましい光景に、僕は耐え切れなかったのだ。

「――自分が決して許されないことをしたんだと、そのとき初めて思い知った」

人知を超えた力で、僕は他人の感情を捻《ね》じ曲げてしまった。

そんなことになるだなんて思わなかった。そんな言い訳は通用しないほど、取り返しのつかない事態だった。

「昨日まで笑いながら陽星を虐げてた連中が、ひと晩明けたら、今日は陽星といっしょに笑い合ってた。陽星が言う冗談に、楽しそうに笑ってた。陽星も嬉《うれ》しそうだった……」

――こんなものが奇跡であって堪《たま》るかと思った。

あまりにも歪《いびつ》で、酷《ひど》く狂っている。あったことをただ忘れ、継《つ》ぎ接《は》ぎによって作られた嘘の思い出に笑みを浮かべるだけ。あの日見たものの気持ち悪さを、僕は忘れられない。

罪も、罰も、報いも、救いも、そこにあったものを一方的に破壊してしまった。

陽星をいじめた連中は、もう後悔も反省も成長もしない。その理由を、僕が奪った。

教室に広がる、それは人工の楽園だった。

神は僕だ。ただし手出しはできない。

僕によって精神を、その感情を捻じ曲げられた人間たちが、しあわせに暮らす楽園。確かに願ったはずのその光景が、僕にはとても耐えられなかった。

「でもな、灯火《とうか》。……僕は、それでもいいと思った。たとえ全部嘘《うそ》だとしても、その嘘で陽星《ひせ》が救われるなら構わないって。最初はそう思ったんだよ」

だが違った。

自分が支払ってしまったものの意味を、突きつけられることになる。

「あの日、僕は陽星から『誰?』と訊《き》かれた。知らない人間が教室にいたからだ」

「っ……代償、ですか。それが――」

灯火も察してはいたのだろう、すぐに答えを口にする。僕は頷《うなず》いた。

「陽星を助けてくれ。いちばん大事な陽星という人間を返してくれ、と僕は願ったんだ。だからそのために、二番目に大事なものを僕は失った」

「それが――」

「――それがよりにもよって《陽星が持つ僕の記憶》だったことが、最悪だった」

それは星が、僕の欺瞞《ぎまん》を見抜いていたという証《あかし》なのだろう。

――お天道様が見張っていない分、夜空の星は、僕の悪を見抜いていた。

「そりゃそうだろ。代償として《僕の中の陽星の記憶》がなくなるなら、まだ話はわかる。それは僕が陽星を大事に思っていたという、そういう証明になるんだから」

「で、でも……せんぱいは」

「そうだ。逆に《陽星の中の僕の記憶》がなくなるのなら、それが僕にとって大事なものだったというのなら、話はまったく違う。僕は、陽星を大事に思ってたんじゃないんだ。ただ――陽星から大切に思われていることが大事だったんだ。これは、醜いエゴだ」

つまりが僕は徹頭徹尾、自分のことしか考えていなかったのだ。

陽星が大事だから助けたかったんじゃない。助けることで陽星から大事に思われたい、そんな歪《ゆが》んだ願望が、きっとどこかに存在していた――だから、星はそれを奪った。

その事実を浮き彫りにされてしまった。

「そっ、そんなことは――」

言い募ろうとする灯火。僕はそれを押し留《とど》める。

「ないとは言えない、だろ？　現にこうして証明されてる。今後、僕のことを陽星が記憶することは、一生ない。会うたびに、陽星は僕を初対面だと認識するし、ほんの少しでも意識を逸《そ》らせば、その瞬間に僕のことを忘れる。それが、支払った対価だったからだ」

「でも……でもそんなの、おかしいですよ！　だってせんぱいは、久高《くだか》先輩のために――」

「おかしくねえよ。いや逆か、確かに僕はおかしかったんだ。自分では何もせずに、ただ与えられるだけの奇跡に縋《すが》ろうとした。その報いを、よりにもよって陽星に押しつけた」

もう僕が陽星の近くにいる資格は、ない。

精神論ではない。今こうなっている現状がその理由なのだ。

たとえば僕が陽星《ひせ》を襲っても、陽星はその事実を直後には忘れてしまう。犯罪行為を、僕は陽星に対して一方的に行えてしまう。そんな奴《やつ》が近くにいていいはずがなかった。

それは、とてもおそろしいことだ。

僕にそんなことはできないが、だからといって言い訳になるはずもなかった。

「……わかるだろ。それが事実だ。星の涙の、それが機能の限界なんだよ。お前だって、もう気づいてるんじゃないのか」

問いかける僕の言葉。灯火《とうか》はそれに答えない。

だから、僕はただ続けた。

「星の涙はな、灯火。物理的に、魔法みたいな奇跡を起こせるわけじゃない。あの石にも能力の限界があるんだよ。――星の涙の奇跡は、人間の精神にしか作用しないんだ」

つまり、

――どうあっても、双原流希《ふたはらりゅうき》が生き返ることはない。

灯火という存在が薄れているのが、その証拠だ。もしも星の涙が本当に奇跡を起こせると言うなら、今ここに流希がいなければ絶対におかしい。

「……そんなの、わからないじゃないですか」

灯火は言う。もちろん、これは僕の経験から見ての言葉である。

僕だって《星の涙》の機能の全てを、知っているわけではないのだから。

「でも前兆はある。このまま進んででき上がるのは、流希が本当に生き返った世界なんかじゃない。灯火、お前が自分のことを流希だと思い込み、周りの人間もお前のことを流希だと思い込むだけ――ただ、それだけの世界なんだよ」

形としては、ああ確かに、双原流希が生き返ったのと同じものにはなるだろう。

だが、その中身は決定的に違っている。

「……だからわたしに、やめろって言うんですか？」

震える声。責めるような口調は、灯火にはまるで似合わない。

けれど、確かにこれは僕のエゴなのだ。

「自分は使って、友達を助けたのに……わたしにお姉ちゃんを生き返らせるなって！」

事実として僕には星の涙を使った過去がある。その僕が、切実な願いを持った人間に、僕は使ったお前はやめろだなんて――いったいどの口で言えたものか。

そんなことはわかっている。

それでも。

「――そうだよ。お前は、星の涙を使うべきじゃない。お前という存在を、この世界から奪う権利は、きっと……お前自身でさえ持っていないんだ」

灯火が消える代わりに流希が生き返る。

それは、きっと願ってはならないことなのだ。

あの優しい母親から、この世界から——灯火《とうか》を奪う権利は灯火にだってない。

僕の正論は、僕が言っているという最低の事実を除けば、きっと正しい。

「……せんぱいは冷たい人ですね」

言葉を絞り出すように、灯火の口が震えた。

否定を、僕が返すことはない。

「あんなに仲がよかったお姉ちゃんを、生き返らせたいとは……思わないんですか?」

「……っ」

一瞬、言葉に詰まった。

——思わないはずがない。

僕は、また流希《りゅうき》に会える日が来ると信じていた。幼い頃の話でしかなくても、僕は。

流希のことが好きだったから。

大事な友達だったから。

自分が消えて流希が戻ってくるのなら、それでもいいと本気で思う——けれど。

「思わない」

と、僕は言う。

僕はそう言わなければならない。

「第一、生き返らない。お前だってわかってるはずだ。本当に、誰からも流希だって認識される世界で生きていくつもりなのか、お前は。お前が流希として振る舞っても、なんの意味もないだろう……そんなこと、もう理解できてるはずだ。あの石はお前をしあわせになんて、絶対しない」

誰からも流希だと認識され、死ぬまでそういうふうに振る舞うとして。

それが――本当に灯火の望みなのか。そんな世界の、いったいどこに救いがある？

「……そうですか」

そう、灯火は呟《つぶや》いた。

笑っていた。

笑いながら僕に、彼女は言った。

「伊織《いおり》くんせんぱいは――本当に最低ですね」

そう言われることに、僕は安堵《あんど》すら覚えてしまう。

最低温のこの心が、決して動きませんように、と。

「わかりました。せんぱいの、言う通りにしようと思います。わたしだって、せんぱいが言っていることのほうが正しいんだって、そんなこと……わかってるんですから」

「……灯火」

「ですが条件があります！」

顔を上げる灯火《とうか》。彼女は僕の鼻先に、ぴっと指を伸ばしてきた。

「せんぱいは星の涙を使ったのに、わたしには使うななんて……それは酷《ひど》いじゃないですか。だから、せんぱいも、交換条件をひとつ飲んでください。これは取引です」

「取引……？」

「そうですよー。だってわたしはお願いを叶《かな》えられないんですよ？　だったら代わりに、せんぱいがわたしのお願いを聞いてくれてもいいじゃないですか。違いますか？」

僕は頷《うなず》く。

「……わかった。僕にできることなら」

「じゃ、取引成立ですねっ。安心してください、これはせんぱいにしかできないことです」

「何をすればいい、僕は？」

問いに、灯火はにんまりと口角を上げて。

そして——予想だにしなかったことを、僕に言った。

「じゃあまずひとつ目」

「おい、複数かよ。ひとつじゃなかったのかよ——いや、まあいいけど。なんだ？」

「スマホ。伊織《いおり》くんせんぱいの。貸してください」

「え」

「いいから早くです！　ほら、ロック外してください！」

ほとんど強引に、奪い取るみたいに僕はスマホを取られてしまった。

強引な。個人情報の塊だというのに。

とはいえ、こっちだってなかなか無理を言っている。逆らわない僕の目の前で、灯火は慣れた手つきでスマホを操作し、しばらく経《た》ってから僕にそれを返してきた。

「……何したんだ?」

「さあ? それよりも、せんぱい。もうひとつの交換条件です」

灯火は僕のスマホに何を仕込んだのかは言わず。

さきほどよりも嬉《うれ》しそうな笑顔で、こんな条件を僕に突きつけた。

「──伊織くんせんぱいは、与那城《よなしろ》先輩と仲直りをしてきてくださいっ!」

# 第五章『逆さ流れ星の丘』

## 1

七月二日、火曜日。

まるで当たり前になったかのように、灯火《とうか》は僕を迎えにきた。

「おはようございます、伊織《いおり》くんせんぱい！　さあさ、今日は忙しくなりますよっ！」

「……そうだな。おはよう、灯火」

「どぅえっ!?　せせせっ、せんぱいが普通に挨拶したっ!?」

いきなり失礼な驚きを見せる後輩だった。

だが、言われてみれば僕のほうも、自分の態度に自分で驚いてしまう。

何に驚愕《きょうがく》したかって、それはこの《当たり前》を、僕自身も違和感なく《当たり前》として受け取ってしまったことだ。灯火はそれくらい自然に、僕の日常へ溶け込んでいる。

こんなふうに、自分以外の誰かと普通に過ごすなんていつ以来のことだろう。

家族を除けば本当に久し振りの感覚だ。警戒線の内側へするりと入り込んできた灯火を褒めるべきか、それとも、いつの間にか受け入れてしまった自分の半端さを嘆くべきか。

「……せんぱい？」

そんな僕の考えなど微塵《みじん》も理解していない様子で、きょとんと首を傾《かし》げる灯火。

朝のことだ。平日は毎日鳴るように設定しているスマホの目覚ましで、僕は今日も目を覚ました。気づいたのはそのときで、待ち受け画面が灯火と撮ったあの写真に変えられていた。昨日、灯火が僕のスマホを弄《いじ》ったときに変えたのだろう。

少しだけ考えてから、僕は言った。

「……アホ面め」

「あ、アホ面ぁっ!?　なんですかその朝一の強烈に失礼な罵倒!?　逆に安心します！」

「いや、そこはもっと怒れよ。安心してる場合じゃないだろ」

相変わらずに相変わらずなリアクション。僕も思わず普通に突っ込んでしまった。

そんな僕を見上げていた灯火は、なぜかへにゃりと相好を崩して。

「えへへへ。せんぱいでも、緊張することあるんですね」

「……何……？」

「いえ。あんな捻《ひね》りのない悪態、考えてみれば逆に伊織くんせんぱいっぽくないなって。今日はあの与那城《よなしろ》先輩との仲直りの日ですから。それで緊張しているんでしょう？」

「――――」

咄嗟《とっさ》に言葉が出せなかった。

僕らしくもない、本当に驚いたリアクションをしてしまったと思う。

それは僕自身すら自覚していなかった内心を指摘され、不覚にも納得してしまったからであると同時、そんな感情を態度に出してしまったらしいから。

氷点下野郎が聞いて呆《あき》れる体たらく。どうにも気が抜けている気がしてならなかった。

気づかないうちに、どうやら僕は灯火《とうか》に相当、心を許しつつあるようだった。

僕の本来の目的からすれば、それは——とてもよくない傾向だが。

「ほあー。でも伊織《いおり》くんせんぱい、黙って立ってると、ちょっとカッコいいですね……」

なんでだろう。灯火なら、別にいいかと——どこかで思っている自分がいる。

「…………アホか」

「アホぉ!?」

アホな顔でリアクションを取る灯火。そうそう。こいつには、これがいちばん似合っている。軽く肩を揺らして、それから僕は、用意していたものを灯火に手渡した。

「ほら」

「へ？」

「弁当だよ、弁当。言ったろ、僕だって自分で作ってる日もあるんだって。灯火の分だ」

「ほ——本当に作ってくれたんですか、わたしの分まで……」

「や、まあ、ありもん詰め込んだだけなんだけどな。それでよかったら」

なんだか照れ隠しみたいになってしまったが、事実としておかずの半分くらいは昨日の夕食当番だった父親の作だ。俺が食べなかった分、処理しなければならなかっただけ。

「いらないってんなら、別に無理にとは言わないが」

「……ふぇへへ」

へにゃり、破顔するように微笑《ほほえ》む灯火。

やっぱりこいつは、小悪魔ぶって笑っているより、こうしているほうが愛らしい。

「伊織くんせんぱいはやっぱり優しいなー」

「…………」

「そんなにわたしのことが好きなんですかー？　やだなあ、もぉー。まあまあ、わたしも今回はだーいぶ伊織くんせんぱいの琴線に触れたはずですしー？　これはもう愛を――」

「行くか」

「パーフェクトスルー！　……わたしも、もはやなぜこれを続けるのか見失っている部分ありますけど……でも、なんだかな……それでも、女として譲れない部分的な……ふふ」

いつも通りの灯火であった。

そのことに、ほんのわずかに安堵《あんど》しながら学校へ向かう。

今日はコンビニにも寄らなくていい。日常の中をのったりと歩くのは気楽なものだ。

下らない話をした。僕は特別、灯火に何か訊《き》こうとは思わなかったし、灯火も自分から何かを言ってくるようなことはなかった。それでいいと思っていた。

過ぎていく時間の流れは想像していたより早い。灯火《とうか》に歩幅を合わせていても、感覚としてはあっという間に校門の前へ辿《たど》り着《つ》いてしまった。

「——お」

そこで僕は、クラスメイトの姿を見かける。

校門付近や昇降口ではなく、なぜか校舎の裏側から歩いてくる遠野《とおの》の姿だ。この時間に行くような場所ではないはずだが、あるいはまたぞろ後輩にでも粉をかけていたのか。

「よう」

と、僕は声をかけた。

「——ん？　あー、なんだ？」

遠野は少し怪訝《けげん》そうに眉根を寄せる。

寝不足なのかもしれない。もしや朝帰りなのか、微妙に普段の覇気を感じない。

「あ、えーと……確か、伊織《いおり》くんせんぱいのお友達の」

小さく、やっぱり僕の後ろに少し隠れながら、灯火は呟《つぶや》いた。単純に遠野が怖いのではなく、彼女はそもそも、基本的に人見知りする性格だった——ということなのだろう。

遠野はそれに気づくと、細めていた目をすっと開いて笑顔を見せた。

「お、双原《ふたはら》ちゃんじゃん。おはよう。学校には慣れてきた？」

「おっふぇ。おは、おはよ、ございますです……えとあの、はいっ！」

慌てながら、なんとか僕の後ろから返事をする灯火。

——僕は聞き逃さなかった。

だから遠野に訊《たず》ねる。これは確認しておくべきだ。

「遠野、ひとついいか？　お前、こいつが誰だかわかるのか？」

怪訝そうに遠野は目を細めたが、それでもわずかに肩を竦《すく》めてから答えた。

「双原灯火ちゃん、だろ。これでいいか？」

——灯火が《流希《りゅうき》》ではなく、きちんと《灯火》になっている。

それは、つまり灯火が、星の涙に託す願いを捨てたということの証左だろう。

「ええと……おはようございます、遠野先輩。眠たそうですね？」

執り成すように言う灯火。なんとか話せるようになってきたらしい。

僕としてもこれで人心地ついた気分だ。あとは灯火と交わした《与那城《よなしろ》と仲直りする》約束さえ履行すれば、今回の件にも決着がつく。

「はは。遠野先輩は夜、あんまり早く寝かせてもらえないことが多いもんでね」

自分でそんなことを言う遠野。

「はあ……なる、ほど？　それは大変ですね……？」

遠野なりの趣味の悪いジョークなのだろうが、灯火はピンと来ていない様子だ。遠野の場合、伝わらない相手には伝わらないほうがいいと思っての言い回しなのだろうが。

「ま、それはともかくとしてさ。ひとついいかな、双原《ふたはら》ちゃん」

「はい」

「隣にいるのは彼氏さん？」

「――っ!?」

遠野《とおの》の言葉に、相変わらずの赤面を見せる灯火《とうか》ちゃんである。名前通り火がつきやすいとでも言う気だろうか。

「あっ、や、えと……それは、その……」

ぱたぱたと手を振って恥じらいを誤魔化《ごまか》している。今日は乗らないらしい。

ただこのとき僕が気になったのは、灯火ではなく遠野のほうだ。何やら微妙におかしな言い回しをしている。

僕は、遠野にこう言った。

「その件は何度も違うって言ってあるだろ」

「……ふぅん？」

何かを納得したような素振り。それが、どこか演技がかっている。

遠野は僕に視線を移し、こちらをまっすぐ見つめて。それから静かに口を開いた。

「すまんな。先に訊《き》いておくべきだった」

「……なんだよ？」

目を細める僕。奇妙な態度の遠野は、僕を細い目で見つめながら——言った。

「お前、——い・っ・た・い・誰・だ・？」


その言葉に硬直したのは僕だけではなく、灯火もだった。

冗談……では、なさそうだ。

似たような現象に、僕は嫌というほど覚えがあった。

「遠野。……僕が誰だかわからないのか？」

「制服だから、同じ学校だってのはわかるが……見覚えはないな。お前はどうやら、俺を知ってるらしいが。俺は、悪いがお前のことを知らない」

「そう、……か」

ショックを受けた、なんて言うのは烏滸《おこ》がましい。小学校こそ同じだったが、そこまで遠野と親しかったわけではないはずだ。今だって友達かどうかも正直、怪しいだろう。

何より僕は、嫌な話だが、忘れられることには慣れている。

だから問題があるとすれば、なぜ遠野が、陽星《ひせ》と同じように僕を忘れているのか。その点だろう。もちろん、星の涙のもたらした認識改変であることは間違いない。

だが誰が？

この状況で星の涙を使う者がどこにいる？

「…………うそだ」

その声で、僕は隣にいる灯火《とうか》をはっと振り返った。

顔面蒼白《そうはく》だった。今の灯火をこそ、そう表現するのだろう。目を見開き、彼女はまるで幽霊でも見たかのような顔で、僕のほうにゆっくりと視線を向ける。

そう、それは恐怖の表情だった。

灯火は怯《おび》えている。対象は彼女の視線の先——つまりすぐ傍に立っている僕だ。

「なん……で。だって、わたし……そんな、嘘《うそ》……っ!?」

「灯火。おい灯火、どうした？　おい！」

「——っ、」

答えはない。灯火はそのまま、なんと逃げ出すみたいに駆け出したのだ。

「ちょ、待っ——灯火！」

止める間もない。まさかいきなり走り出すなんて予想外だ。

そのまま人込みに紛れていく灯火を、呆然《ぼうぜん》と見送るほかなかった。

「……マジか、おい」

思わず、灯火が零《こぼ》した台詞《せりふ》と同じことを言ってしまう。この展開は読めない。

次の行動に移れないでいる僕。そこで遠野《とおの》が僕に向かって、

「よくわからんが……追いかけなくていいのか？」

「……そうしたほうがいいと、お前は思うか」

「まあ、俺なら泣いてる女の子は放っておかないかな。そりゃ当然の流れってもんだ」

「泣いてはなかったと思うがな……」

確かに、泣きそうな表情には見えたが。

どちらかと言えば今、泣きたいのは僕のほうじゃないだろうか。

「なんとなくだが」

遠野は言う。

「お前とは、友達になれそうな気がしないな」

——ズキリ、

なんだか懐かしい頭痛を感じた。

お互い様だと僕は思う。

2

いろいろ考えた末、とりあえず僕は自分の教室に向かう。

だが教室に入った瞬間、恐ろしい勢いで僕に視線が集中した。「え、誰？」と、誰かが呟《つぶや》く声まで聞こえてくる始末。僕という存在を忘却したのは、遠野《とおの》だけではないらしい。

悪名高き氷点下男と、イキった結果がこの顛末《てんまつ》。なかなか響く皮肉だった。

星の涙は認識は消せても、物理的な超常現象は起こせないはず。誰も知らない生徒の、机だけは教室の中にあるなんて——さて、その矛盾をどう対処するのだろう。自分の机に鞄《かばん》を置くと、僕は何食わぬ顔で廊下に出て行った。

与那城《よなしろ》はまだ来ていなかった。

そのまま向かう先は、灯火《とうか》の教室。一年二組。

下級生の教室なら、知らない先輩が入ってきてもそこまで不自然ではない、という合理的判断である。僕は廊下から教室を覗《のぞ》き込《こ》んだが、灯火の姿は見当たらなかった。

「何かご用ですか？」

こちらに気づいて、教室にいた少女がひとり僕に訊《たず》ねてきた。ちょうどいい。

「ああ、ごめん。双原《ふたはら》さんはいるかな？　双原灯火」

「灯火ちゃんならまだ来てませんけど。伝言あったらお受けしましょうかっ？」

にっこりと笑って、その一年生は言った。悪いね、僕みたいな奴《やつ》の相手させちゃって。

——しかし、なるほど。灯火の奴、どうやら学校の外まで逃げやがったらしい。

「いや、スマホのほうに連絡してみるから大丈夫。ありがとう」

僕も笑みを作ってそう答える。と、

「先輩……ですよね？」

「え？　ああ、うん。二年だけど」

「ほほーう」なぜか彼女は驚きのリアクションを取って。「入学したばかりでもう二年の先輩の連絡先をゲットとは！　灯火ちゃんもなかなかやり手ですねー。……羨ましいな」

明るい子のようだ。

それに、彼女の《灯火ちゃん》という呼び方には、どこか親しさを感じる。

「君、もしかして灯火の友達？」

僕は問う。別に《そんなものが実在したのか》という意味ではない。

「灯火！」

彼女は僕の呼び方に過剰に反応して。

けれどすぐに頷《うなず》いて言う。

「はい、お友達です。――ちなみに天ヶ瀬《あまがせ》まなつ、と申します」

「それはご丁寧にどうも。手間かけたね、それじゃあまた」

「あっ、そですかー。それでは、またお会いしましょう。ではではっ！」

敬礼するようなポーズを見せる後輩少女。かなり気安い性格のようだ。

僕もさっと片手を上げて、そのまま教室から去った。

まあ、灯火にも声をかけてくれるクラスメイトくらいはいるらしい。よいことだ。なかなか押しの強い性格みたいだから、わたわたしてる灯火《とうか》も話せたのだと思う。

――しかし、どこかで聞いたことのある名前だよな……？

そんなことを考えながら、僕は廊下を歩く。

「………、あ」

そうして思い出した。

まなつ――ってのは確か先週、遠野《とおの》が粉をかけていた一年生の名前だったはず。何やらものすごくどうでもいい伏線を回収してしまった。女子こわっ。ていうか、灯火もきっと、あの子にやり手だのとは言われたくなかろう。

「しかし、こうなると面倒だな……」

灯火が学校にいないのなら、僕もさっさと下校してしまおうか。

いずれにせよ、生徒も教師も皆、僕のことを忘れている。この状態で学校に残るという選択は、それ自体がなかなかに面倒《めんど》そうだ。このまま灯火を探しに行くとしよう。

鞄《かばん》はまあ、置きっ放しでいいだろう。大したものは入れていない。

――ちょうど始業五分前のチャイムが鳴り響いた。

人の流れに逆らって、再び昇降口へ向かう。今日は学校をサボることになりそうだ。

## 3

灯火には一応、スマホから連絡を入れておいた。

だが既読すらつくことはない。

当然だろう。彼女は逃げているわけで、しかもその対象は僕なのだから。どこにいると訊《き》いたところで、答えが返ってくるはずがない。

彼女を探すにはもう、足を使うしかないということだ。

時刻はあっという間に昼を回っていた。

「……どこにも、いねえな……っ！」

とっくに息は上がっていた。日頃の運動不足が一気に祟《たた》っている。

灯火の家、僕の家、通学路からその周辺……思いつくところは全て探し回ってみた。

だが灯火は見つからない。

この広い街から、ひとりの人間を探し出すことのほうが不可能なのかもしれない。だがあんな表情の灯火を——なるほど遠野の言う通り、放ってもおけなかった。

本当は駅のほうも探しに行きたかったのだが、お巡りさんを見つけたため断念せざるを得なかった。制服姿の、あからさまに学校サボったスタイルでは何を言われたものか。

仕方なく僕は一度、私服に着替えるため自宅へと戻った。

汗を流して着替えてから、居間で昼食を食べる。悠長かもしれないが、僕もあまり冷静ではない。落ち着ける時間が必要だった。

体のほうを休めがてら、ここらで頭のほうをそろそろ回そう。

──さて。

「僕は……何をしてるんだろうな」

リビングのソファに体を投げ出し、天井を眺めながら言葉にしてみる。

──当然、僕はいなくなった灯火《とうか》を探している。

では、なぜだ。

灯火との《与那城《よなしろ》と仲直りする》約束も、僕は未《いま》だに果たせていない。

なぜ僕は学校をサボってまで灯火を探しているのだろう。遠野《とおの》に追うべきだと言われたからか。それとも、僕という存在が忘れ去られてしまっている現象を止めるためか。

あるいは理由など考えていないのか。

そもそもなぜ僕は忘れられてしまったのだろう。

そうだ。その理由がわからない。灯火が星の涙を使って願ったのだろうか。冬月伊織《ふゆつきいおり》の存在を全ての人間の記憶から消し去ってください──と。いや、それは意味不明だ。

灯火は僕に約束してくれた。

姉を──双原流希《ふたはらりゆうき》を生き返らせたいという願いを捨てると。

「……本当に、捨ててくれたのか？」

おそらく、違う。

僕がまだ約束を果たしていないから、ではない。そもそもただ約束した程度のことで、これまでずっと叶《かな》えたかった願いを、そう簡単に捨てられるはずがない。

そもそも現実問題として不可思議な事象が発生している以上、星の涙は発動している。

これは間違いのない事実だ。そして今、星の涙を使う人間は灯火以外にいない。

可能性としては、僕の知らない誰かが星の涙を持っているということもあり得るだろう。

だが今回はそれも違う。なぜなら忘れられているのが僕だからだ。

効果が、明らかに冬月伊織を特定している。発動したのは僕の知っている人間だ。

——双原灯火しか考えられない。

灯火の願いは、双原流希を生き返らせることである。

彼女はその願いを、自分自身の上に——《灯火》の上に、《流希》を上書きすることで叶えようとした。言い換えるなら、双原灯火の存在そのものを対価として支払っていた。

だから、僕はそれを止めた。

そんな生き方は間違いだ。彼女がどう振る舞おうと、どれほど流希として認識されようと、灯火では絶対に流希の代わりにはなれない。少なくとも僕はそれを記憶し続ける。

そんなことは灯火自身にもわかっていたはずだ。

星の涙の力をもってしても、冬月伊織だけは絶対に双原灯火を忘れない。

「……だから、か」
だから灯火《とうか》は、僕のことが邪魔だった。
願いを捨てるよう迫ってくるから、だけではない。たとえ願いを押し通しても、僕には
それが通じないからだ。僕の世界に双原流希《ふたはらりゆうき》は決して生き返らない。
そして星の涙が望みを叶《かな》えるとき、その形を願う者が選べないことも僕は知っている。
でなければ《陽星《ひせ》がいじめられないようにしてほしい》と願ったとき、《周囲の人間の
記憶を奪う》という形を僕は絶対に認めなかった。それは星が選んだ方法だ。
つまり。
双原灯火が願いを叶えるためには、冬月伊織《ふゆつきいおり》には消えてもらわなければならないのだ。
言い換えるなら、灯火の願いには僕が消えることが含まれている。
だから星の涙はその意図を汲《く》んで、僕という存在を世界から消し去ろうとしている。
——これは、そういうことではないだろうか。
「参った。……つまり僕はこのままだと、世界から消えるかもしれないのか」
灯火はそのことに、おそらくは気がついてしまった。
当然だろう。僕に説得された程度の理由で、ずっと願っていた姉の生き返りを諦めたり
できないことを——彼女だけは初めから理解していたのだから。
灯火は、自分が願いを捨てられないとわかっていた。

いや、僕がわかっていなかった。

ずっと探していた。星の涙を使おうとする人間がいたら、それを止めるために。何度も丘に出向き、星の涙を持つ人間を探し回っていた。――そして見つけることができた。

だが僕は何もわかっていなかった。

人に、誰かに、星に願ってまで叶えたい切実な願いを捨てさせることの意味を。

そんなことが自分にできると、どうして思い上がっていたのだろう。

代償があるなんて、願った通りにはいかないなんて、愚かな失敗を説明しただけでなぜ止められるだなどと妄信してしまったのか。

もし逆の立場なら、僕はその程度で諦めたか？　少し考えれば理解できていたはずだ。

当たり前だ。

諦められるはずがない。

二番目に大切なものと引き換えにしてでも、どうしても取り戻したい、いちばん大切な何か――亡くなった最愛の姉の命を、理屈だけで諦められるものか。

灯火だって、きっとわかっている。

だから言葉では応じてくれた。けれど本心が納得していなかった。

灯火が逃げ出したのは、自分の本心をあの場で悟ったから。少なくとも、星の涙はそのように認識したのだろう。僕もそれが、間違っているとは思わない。

──たとえ僕を犠牲にしてでも姉に生き返ってもらいたい。

それが灯火《とうか》の隠していた本心で、だから彼女は僕の前から逃げ出した。

だとするのなら。

もしもこの推測を、僕が正しいと信じるのなら。

「……よし。灯火を探しに行く意味は、ある」

よっ、と勢いをつけて僕はソファから起き上がった。

灯火の思考を読んでみる。

願いを叶《かな》えようとしているのなら、もちろん向かうべきは七河《ななかわ》公園の丘しかない。

だが今はいない。

夜でなければ意味がないし、早く行ったせいで僕に見つかることも避けたいはず。丘に向かうのはギリギリの時間──おそらく深夜になってからだと推測した。

ゆえに、丘に行くのは夜に回す。

──脳をフル回転させながら僕は街を走った。

理想を言えば、星が出るよりも早く灯火を見つけてしまいたい。けれど灯火だってそう簡単に見つかるような場所にはいないだろう。ひとりで探すのは得策ではない。

だから僕は駅前に向かった。

人手が欲しかった。だが学校に頼めるような相手はいないし、そもそも誰も彼も、僕のことなど存在そのものを忘却してしまっている。――ゆえにこれは賭けだ。

果たして、目的の人物は見つかった。

駅前の怪しいアクセサリ露店。そこに、まだ学校は終わっていないはずなのに、店を構えている少女。――生原小織《はいばらこおり》。

彼女は一度、灯火と出会っている。

もちろん僕のことなど綺麗《きれい》さっぱり記憶から消しているだろうが、あるいは彼女なら、協力してくれるかもしれない。そう思ったのだ。ナナさんの名前を借りるのもいい。

「小織！」

と、僕は声をかける。

だが小織は、いつものように露店の奥で座ったまま身じろぎもしない。

僕はその正面に立ってもう一度言った。

「悪い！　何を言ってるかわからないと思うが、話を――」

だがそれでも、小織はやはり無反応だった。

無視している――いや、そもそも僕の存在そのものを知覚することができていない。

小織には、僕の姿が見えていなかった。

陽星《ひせ》だってここまでじゃない。まるで透明人間にでもなった気分だ。

「……マジか。本格的に存在ごと消え出してるぞ、おい」

店の真ん前でそんなことを呟《つぶや》いても、小織《こおり》は一切反応しない。

こちらを見てはいる。だが僕が透けているかのように、彼女は道行く人々の流れを目で追うだけ。冬月伊織《ふゆつきいおり》を認識できなくなっている。

せめて悪足掻《わるあが》きをするために、僕はその場で大声をあげてみた。

「お――――いっ!!」

だが、やはり無反応。わかってはいたことだが、小織は僕に気がつかない。

それは周囲を行く人々も同様だった。小織だけではない。もはや世界中全ての人間が、僕という存在を認識できなくなっている。あまりにも間抜けな姿だった。

「くそ……っ」

思わず毒づく。別に小織が悪いわけではないが、手詰まりだ。僕は頭を抱えた。

とりあえずその場を去る。小織に、存在そのものすら認識されていない、という状況でここにいるのは、さすがに僕も心に応える。

どうする。こんなとき、頼れる相手がいないというのは、完全に自業自得なのだが。

「…………親に掛けてみるか」

凄《すさ》まじくいろいろなことを考えた末、僕は両親に電話を掛けてみた。

まだ仕事中だろうが、たぶん母親のほうなら出てくれるはず。出たところで、果たして何を言うべきかなんて思いついてもいなかったが――。

『はい？　もしもし……』

「――――」

さすがに自分の母親のことだ。探るような声音だけでも大方のことは察する。

それでも、縋《すが》れる何かを探すように、僕は。

「もしもし……あの、伊織――だけど」

聞こえた返事は、考え得る中でも最悪のもので。

『もしもし？　もしもし？　あの、どちら様ですか？　すみません、もしもーし！』

僕は通話を切った。

充分すぎる。僕の名前は表示されていたはずで、それでも誰かと訊《き》くのだから、肉親ですら冬月伊織の存在そのものを忘却していることは決定的。しかも声は届いていない。

そして会話が成立しない以上、灯火《とうか》の母親のときのような揺らぎにも期待はできない。

「……マジか」

ショックの度合いで言えば、予想できた分だけマシな気はする。それでも、長い時間を共に過ごしてきた親に認識すらしてもらえない事態には、なかなか来るものがあった。

詰んでいる。

ただでさえ知り合い自体が少ないのに、頼れる人間が物理的にひとりもいない。孤高を気取っていたつもりはないが、それでも本当の孤独を、僕はまだ知らなかったようだ。

これが、本当の意味で世界から切り離されるということなら。

なるほど僕には相応《ふさわ》しい末路かもしれない。正直、これが罰だというなら、受け入れるべきだと思う自分を否定できなかった。報いを受けるべき罪人だという自覚ならある。

だが。

それでも。

「まだだ……まだ、全部は試してない」

言い聞かせるように僕は呟《つぶや》く。独り言、万歳。どうせ誰にも聞こえてないんだ。むしろ誰かに届くなら歓迎する。

諦めるわけにはいかない。絶対にだ。

これが僕ひとりのことなら、あるいは構わなかった。だけど。

灯火《とうか》がいる。

双原《ふたはら》灯火のことがある。

あんなふうに逃げ出した少女と、それでも僕には、まだ交わすべき言葉があるはずだ。

その点を擲《なげう》ったまま消えてやるわけにはは、どうしてもいかなかった。

双原灯火は、今はもういない、大切な幼馴染《おさなな じ》みの妹だ。

僕にとってはそれだけで、自分の全てを賭けるに足る理由だ。――だけど違う。

それだけじゃない。

流希《りゅうき》の妹だからじゃない。僕にとって、彼女はもう幼馴染みの妹ではない。

灯火は、灯火だ。

からかい下手のくせに悪戯《いたずら》っぽくて、計算を働かせる割に抜けていて、そんなところを愛らしいと思えるような――冬月伊織《ふゆつきいおり》の大切な後輩だ。

熱を、自覚する。

これまで、僕は頑《かたく》なに、それを表に出さないように生きてきた。

けれどもし、たった一度でいい、その熱を表へ出すことを自分に許せるのなら。

何を言うべきか、何を言いたいのかなんて未《いま》だに僕は決められちゃいない。そんな状態で灯火に会うなんて、そんな不義理はできないから。なんでもいい。ただ僕が、これから何をすべきかを決意するために、もしも誰かの助力を望むなら。頼ることを決めるなら。

そうだ。試してみてからだって遅くはない。

まだ僕には、灯火と果たしていない約束がひとつ、あったのだから――。

まずはそいつを清算しよう。

「……、頼むぞ」

スマホを取り出し、電話帳のある名前に通話をかける。

果たして、相手はワンコールで通話に出た。一縷《いちる》の望みを託して、僕は口を開く。

「もしもし――」

# 4

「はい、これ」

扉を開けて入ってきた少女に、コーヒーの入ったグラスを手渡される。

僕はそれを受け取って、改めて彼女に礼を告げた。

「ありがとう。……本当に助かった。正直、気がおかしくなるかと思ってたところだ」

「そうは見えないけど。ま、別にいいよ」

そう言って彼女――与那城玲夏《よなしろれいか》は、僕の正面に腰を下ろす。

先週は灯火《とうか》といっしょに来たカラオケの一室。僕は与那城を電話で呼び出して、助けを求めて落ち合った。

店員には認識すらしてもらえないため、受付は与那城に済ませてもらう。

「いいのかな。料金、ひとり分しか払わないことになるんだけど……」

「まあ、この場合は仕方ないいんじゃないか。店員にしてみりゃ透明人間だし、今の僕」

「……まあ、仕方ないか。ふたり分を受け取ってもらう方法もないしね。本当に見えないみたいだったし……あんなの見ちゃったら何も言えないわ。もう頭が変になりそう」

時刻は夕方、五時前。

電話をかけると、与那城はすぐに来てくれると約束してくれた。

「にしても、よく僕を思い出せたよな。正直、望み薄だとは思ってた」

思い出したのは以前、双原《ふたはら》の家に行ったときのこと。

あのとき、灯火の母親は、灯火に対する誤認を振り払うことに成功した。娘が流希《りゅうき》では
なく灯火だと思い出したのを見て、僕は星の涙が絶対ではないことを知ったのだ。

とはいえ僕は友達が少ない。少なくとも遠野《とおの》は忘却の彼方《かなた》だったし、小織《こおり》に会いに行く
頃には視界にすら映らなくなっていた。当然、仕事中の両親ともコンタクトできない。

頼れる相手は、あとは与那城くらいしか思い浮かばなかったのも事実だ。

――昨日のことがあったばかりだから、強く印象が残っている可能性に賭けたわけだ。

「いや、思い出すっていうか」だが与那城は、僕の言葉に首を振った。「そもそも朝から
変だとは思ってたんだよ。急に学校休むし。なのに誰も、なんも言わないし」

「ん……、朝から違和感に気づいてたってことか？」

「まあ、そうかな。それで遠野に聞いたら『冬月《ふゆつき》って誰だ？』とか言われて。あ、これは
おかしいなって、そこで気づいた感じ」

だとすれば話は変わる。与那城にも改変が効いていない、ということなのだから。

いや。あるいは、それすら都合のいい改変の範疇《はんちゅう》なのかもしれない。

僕から電話を受けて思い出した、その時点から《朝から違和感に気づいていた》という形に認識がすり替わった。星の涙による認識改変は、最も自然な形に自動調整される。

灯火《とうか》の母も、自分が姉妹を混同していた自覚がないのだ。その可能性は低くない。

思えば灯火は、流希《りゅうき》だと思われている間も一年生のクラスにいた。一方で数学の教師に訊《き》いたとき、流希は二年生で僕と同じクラスだ、というふうに先生は答えている。それは察するに――今見えている光景を最も自然な形で解釈するから、ではないだろうか。

根拠はない。そもそも星の涙の効果なんて、わからないことだらけだ。

僕は考えを打ち切った。そもそも、そんな話がしたくて呼び出したわけじゃない。

「すまん、まずは来てくれてありがとう」

まっすぐ彼女の目を見て言った。

与那城《よなしろ》はすっと視線を背け、少し照れたように言葉を零《こぼ》す。

「……別に。なんか大変なことになってんのはわかったし。そんくらいは……まあ」

髪を指でくるくると弄《いじ》る与那城。

あまりにわかりやすい彼女の態度が、なんだか酷《ひど》く懐かしかった。

それは与那城の優しさだ。だから、それだけに甘えているわけにはいかない。

すっと息を吸って、それから。

「今まで、お前に何も説明しなくて悪かった。ごめん。——すみませんでした」

ただ頭を下げた。それくらいしか方法がわからなかったのだ。

時間が過ぎていく感覚。顔を上げることもできず、重い空気感に潰される気分だ。

「……あのさ」

と、そんな声が僕に届いた。

どこか呆《あき》れたような、与那城の声が。

「謝るとこ、そこなわけ？」

「え……？」

「いや、いいんだけどさ。実際それであってる気はするし」

「……与那城？」

思わず僕は、顔を上げてしまっていた。

許しを貰《もら》うまでは顔を上げないつもりでいたのに。

間抜けな顔の僕を見て、与那城が薄く笑う。

「何、その馬鹿みたいな顔？」

「……えっと」

「悪いけど、もうあの子から全部聞いてるから。冬月《ふゆつき》に言われるまでもない」

「え——、はあ!?」

衝撃の発言だった。人生において、最も間抜けな顔を晒《さら》した瞬間が今かもしれない。

それくらい驚きの発言だった。

「え。あ、あの子って」

「そりゃあの、双原《ふたはら》って子に決まってるでしょ」

そんなことは僕だってわかっている。

いや、それでも訊《き》いてしまうくらいに衝撃だったということだ。

「い、いつの間に……？」

「昨日いきなり電話で連絡来たの。冬月《ふゆつき》なんでしょ、あの子にあたしの連絡先教えたの」

「そんな覚え……あ、いや、あのときか」

灯火《とうか》が僕のスマートフォンを弄《いじ》って勝手に待ち受け画面を変えたとき。

ちゃっかり与那城《よなしろ》の連絡先を抜き取っていたわけか。僕のリテラシーが悪いな……。

「ていうか、でなきゃ冬月に呼ばれたからって来るわけないじゃん。普通に」

与那城は言った。その通りすぎる。

「……ごもっともで」

「言われちゃったんだよ。あたしもあたしで悪いとこあったんじゃないかって。いきなり説教されてさ。……でもまあ、その通りだなって思ったし。だから」

与那城がこちらに向き直る。

そして、その頭を勢いよく下げた。

「――ごめん。今まで、ずっと酷《ひど》いことばっかり言ってた」

「………いや。あ……えっと」

狼狽《うろた》えてしまって、僕はもうまともに話せてすらいない。

謝りにきたつもりが、逆に謝られてしまっている。予想外なんてものではない。わけがわからなすぎて、まともに喋《しゃべ》ることさえできなくなってしまった。

「お、怒ってないのか……？」

問うた僕に、与那城は眉根を寄せて。

「怒ってたっての。怒ってなかったように見えたわけ？」

「そりゃ、まあ、見えなかったが」

「でも事情を説明されて、仕方ないってことがわかってまで怒り続けるわけないでしょ」

「それは……そうかもしれないけど」

「むしろ勘違いしてた自分も悪いから、だから謝った。何かおかしい？」

「………」

僕は答えられない。何もおかしくなかったから。

確かに、そう言葉に直せば、与那城は当たり前のことしかしていない。その理屈は僕にだってわかる。

けれど——与那城《よなしろ》と僕の間には、これまでそんな《当たり前》は失われていたのだ。

「……陽星《ひせ》、本当に冬月《ふゆつき》のこと忘れちゃったんだね。あんなに仲よかったのに」

ぽつりと零《こぼ》すように、与那城は言った。

皮肉にも、僕が消えかけているという事実が、与那城にそれを信じさせたのだ。

「あんたが……冬月が何かして、だから陽星が怒って、ずっと知らない振りしてるんだとあたしは思ってた。でも、やっぱりおかしいとも思ってたんだよ。演技には見えないし、ていうか陽星にそんなことができるとも、正直思えなかった」

「……まあ、わかりやすい奴《やつ》だったからな」

「何度も訊《き》いたよ、陽星に。なんで冬月と話さなくなったのかって。あんなに仲よかったのに、どうして冬月のこと知らない振りするのかって。でも、何度訊いても、陽星は首を傾《かし》げるだけ。逆にあたしのほうが、意味わかんないこと言ってるって感じだった。でも、まさかだよね。まさか本当に冬月のこと忘れてるなんて……さすがに、思わなかった」

「僕も今日、それをどう説明しようかずっと考えてたよ」

「……どう説明する気だったわけ？」

「いや、何も思いつかなかった。俺が消えかけてるのは予想外の事態だし……まあ最悪、信じてもらえなくても、なんとか頭下げて——」

「——そういうとこが冬月のダメなとこなんじゃないの？」

ばっさりと告げられてしまっては、返す言葉もない。

与那城は、やっぱり怒っていた。というか、僕は叱られているのかもしれない。

「言っとくけど、これまで怒ってたのは本当だから。あたしだって、あんなふうになったふたりを見てるの……つらかったし。喧嘩《けんか》してるだけならまだしもさ、知らない振りして関わりもしないの見たら。もしかして、もう本当にダメなのかなって……思うじゃん？」

いつか。

いつか与那城も、僕を見捨ててくれると思っていた。いや、もうとっくに見捨てたものだと僕は思っていたのだ。

だが違った。与那城はずっと、僕と陽星を本気で仲直りさせようとしてくれていた。

「でもさ、そんなのやっぱ……嫌じゃん、普通に。仲直りしてほしいって当然思うじゃん。なのに冬月、高校入ってから、人が変わったみたいに冷たくなっちゃうし」

彼女と過ごした時間を思い出す。

与那城とは中学に入ってからの付き合いだ。けれど、実は親しくなったのは、陽星より僕が先だった。僕を通じて陽星とも打ち解けて、よく三人で過ごしたものだ。明るい割に感じやすい陽星と、刺々《とげとげ》しく見えても心の機微に聡《さと》い与那城は、馬が合ったのだと思う。

だから僕は、そんなふたりをひっ連れ回して遊んでいた。僕は鹿だったわけだ。

「……本当にすまん」

「いいよ。本当につらかったの、冬月《ふゆつき》でしょ。もう、あたしに責める権利とか、ないか」

そう言って与那城《よなしろ》は、悲しそうな表情で眉根を寄せていた。

だが違う。ずっとつらかったのは僕ではない。それは陽星《ひせ》であり、そして与那城だ。

僕は当然の対価を支払ったに過ぎない。

罪に対して、罰を受けていたのですらなかったのだ。低俗に表現すれば、高い買い物をしただけに過ぎないのである。求めるものがあったから、代金を正当に手渡しただけ。

たとえ望んだものとは違う商品だったとしても。

クーリングオフなんて制度はないのだ。一生かけて負債を払い続けるしかない。

これは、それだけのことだった。

「だからさ、冬月」

それでも与那城は、僕のほうを見たまま言葉を続ける。

彼女は視線を逸《そ》らさない。

そんな彼女が、与那城玲夏《れいか》が、ずっと陽星を見ていてくれたことが。言えないけれど、
僕は嬉《うれ》しい。与那城がいてくれてよかったと、本心から思う。

「これからは、言ってよ。あたしに。昔みたいに。自分ひとりで全部決めないで」

「昔みたいに……か。懐かしいな。中学の、一年のときから、与那城には助けられてた」

「……学級委員長だったもんね、あたしらふたり」

入学当初のことだった。推薦であっさり決められて、それで与那城と親しくなった。人前に立つ分には困らなかったが、それでもあちこちに気が回る与那城にはずいぶんと苦労をかけていた。なにせ、困ったらとりあえず与那城に頼っていたくらいである。

——それを、再び僕に許してくれると、与那城は言う。

「何かあったら、あたしにもちゃんとそれを教えて。これまでのことは謝る。だけど同じことがまたあったら、やっぱりあたしは、怒らずにはいられない。そういう性格だから」

「……与那城は、意外と不器用な奴《やつ》だからな」

「かもね。だから理由を言って。だからって何ができるわけでもないし、あたしはその上で、やっぱり怒るかもしれないけど。……それでも、何も知らないのは嫌だから」

与那城玲夏は公平な奴だ。

曲がったことが嫌いで、他人のことを自分のことのように悩むことができる。

「わかった」

と。だから僕はそう言った。

「だけど与那城、僕もこれは言っておく。別に僕は、自分で何もかも背負い込もうとか、そんな殊勝な考えで黙っていたわけじゃない。それが単に、僕の問題だっただけだ。僕は初めから言い触らすつもりもなかった。これは絶対に、罪悪感で決めた選択じゃない」

それだけは、勘違いしてもらっては困る。

重荷を背負わせたくないとか、自分が犠牲になればいいとか、そんなヒーロー願望など僕は欠片《かけら》たりとも持ち合わせていない。ただ論理で、打算によって、星の涙というものの効果を隠したかった。二度と誰も使わないよう、自分で管理したかった。

それを一度は使ってしまった、自分という人間の感情ごと。

そのためには、いっそ恨まれているくらいのほうが都合がよかったのだ。他人のため、などというお為《ため》ごかしで、僕が二度と同じ間違いをしてしまわないよう利用した。

誰からも嫌われている自分なら。

誰に対しても、好かれようなどと振る舞わなくて済む。

自分以外を——理由にしなくても済むじゃないか。

「これからは、何かが起きたらお前には言おう。でもその理由は、お前に頼まれたからというだけだ。別に僕が何かを反省したとか、これまでが間違っていたとは思っていない」

だから僕は言う。きっとこの言葉は、与那城《よなしろ》をさらに呆《あき》れさせてしまうだろうが。

僕は、自分がそうであるということだけは、絶対にやめるつもりがない。

「……頑固だね」

「そりゃそうだろ。知ってんだぞ、僕に《氷点下男》なんてダサい名前つけたの、元々はお前だってこと。まあネーミングセンスはともかく、的は射《い》てて困った」

「うわ、……知ってたんだ」

「お前も、まさか広まるとは思ってなかったんだろうし。今さら別にとやかく言わんが」

「謝りに来た奴《やつ》が、なんか急に偉そうになったね」

「受け入れてもらったからな。だったら謝罪の時間はもう終わりだよ」

「……変わっちゃったって思ってたけど、訂正」

与那城は軽く僕を睨《にら》む。

けれど、それは普段の怒りとは違う色の瞳で。

「馬鹿なとこだけは、昔とあんまり変わってないじゃん」

「……さすがに、その言葉は効いたよ」

「あはは っ！」

それが与那城なりの、和解の表情であるのだということだけは、僕にもわかるのだった。

5

「というわけで、さっそく相談なんだが消えかけている」

「そりゃ、相談してって言ったのはあたしだけどさ」

眉根を寄せる与那城。困ったみたいな表情で、

「さすがに、いきなりそんな重たい相談だとは思わないじゃん……大丈夫なわけ？」

僕は軽く見せるよう頷《うなず》いた。

「ああ。ちょっと存在が消えかかってる程度、大した問題じゃない」

「あっさり言うことじゃないでしょ……」

「その点は都合よく使わせてもらった。お前と話せただけで、正直だいぶ気が楽だ」

僕も実はだいぶ動転していたことが、今になって自覚できた感じだ。

それだけでも助けられている。実に都合のいい話だが、さらに利用させてもらおう。

「そんな偽悪的にならなくていいけど……ねえ。これ、——あの子がやってるわけ？」

まあ、察しはするだろう。

「たぶんな。ほかに考えられないし」

「だよね。じゃあ今は誰にも……自分の親にも見えないってことでしょ？　ねえ、本当に大丈夫なわけ？　それ、正直かなりつらいと思うんだけど」

「与那城《よなしろ》のお陰で持ち直したよ。心配しなくてもいい」

「別に心配はしてない」与那城は言う。「はあ。どうしようもないなら、ひと晩くらいはウチに泊めてあげようかと思ったけど。それも必要なさそうだね」

それは心配しているってことだと思うが。

まあ、これも言うまい。与那城には救われてばかりだった。

「大丈夫だ。今日中にケリつけるつもりだし、無理でも家には泊まれる。見えないからな」

「あの子に会いに行くんでしょ？　……どうする気よ？」

問われ、――これには僕も頭を抱えた。

実際のところ、僕はこれからどうするべきか、さっぱりわかっていなかった。

「……どうしような？　実のところあやふやなんだよな。いったい何を言うべきやら」

「それって、」

「だってそうだろ？　こうなってるってことは、あいつが僕を消したがってて――」

「――いや違うでしょ、このバカ！」

いきなり与那城が叫んだ。思わず目が点になる。

「なんでそうなるの？　いや本当にバカなんじゃないの、冬月《ふゆつき》。バカ。ああもう、本当に来てよかった！　そんなんじゃ、あの子、報われなさすぎるじゃん」

「なんだよ、急に」

「あのさ。あの子が本当に、あんたのこと消したがってると思うわけ？　あんたがいなくなってでも願いを叶《かな》えたいって……あの子がそんなふうに考えてると本気で思う？」

――それは。

「そうは言ってねえよ。この状況はあいつにとっても予想外だろうし」

「わかってんじゃん。――あたしに、わざわざあんたと会えって、言ってきた子だよ？　わたしはあの子が、何を願ってるかは知らないけど。それでもわかることは、あるよ」

与那城《よなしろ》の口調は確信的だ。そうであると初めから知っているみたいに。

灯火《とうか》との付き合いなら僕のほうがまだ長い。だが確かに与那城も僕の知らないところで灯火と話している。僕にはわからず、彼女にはわかったことがあったのかもしれない。

「でも現実、昨日までとは状況が違うわけで」

僕は言った。与那城はじっとこちらを睨《にら》みつけて。

「状況って何？」

「いや、それはまあ、詳しくは言えないが」

さすがに、灯火の個人的な事情を、僕の口から語るのは憚《はばか》られる。

だが、どうしたものか。どう説明すれば、与那城にも伝わりやすいだろう。

「つまりだな。お前も、星の涙の都市伝説の中身は知ってるだろ？」

「知ってるから言ってるんだけど」

「うん……？」

与那城が何を言いたいのか、僕にはよくわからない。

彼女は静かに、星の涙の物語を口にする。

「君が、いちばん大事な何かを取り戻したいと願うのならば。そのとき君は、きっと二番目に大切な何かを、代わりに失うことになる——あんたこそわかってる？」

「……えっと。だから灯火が、願いの代わりに、僕をだな——」

言いかけた言葉を、遮るように与那城は。

「あのさ。なくしてしまった一番目に大事なものを、取り戻すために二番目のものをって言うけどさ。もうその一番目って、なくなってるものなわけでしょ」

「はあ……まあ、そうだな」

「なら。ここで言う二番目に大切なものって、今はいちばん大事なものって意味じゃん。これって結局、今いちばん大事なものと、昔いちばん大事だったものの交換でしょ」

「――――！」

それはいつか、小織《こおり》にも告げられた解釈だった。

それなら。もし僕が願われて消えているのではなく、払う対価として消えているのなら。

ならば――灯火は。

「ここまで言ってわからないなら、もう本当に消えればいいよ、冬月《ふゆつき》は」

与那城は言う。

僕は、それに苦笑を返した。

「それは酷《ひど》い。せっかく仲直りしたってのに」

「だったらなおさらしっかりしろ、バカ。あたしは、まだ全部は納得してない」

「………………」

「言いたかったのはそれだけ。はあ……話しすぎて喉渇いた」

「……僕もだ」

ドリンクバーから与那城《よなしろ》が持ってきてくれたグラスに、僕は口をつけた。

そして噴き出した。

「ぶはっ!? なんだこれ不味《まず》っ!?」

「あははっ！ ……バーカ、油断するからだよ」

してやったりという表情の与那城。

予想外だ。まさか与那城が、その手の悪戯《いたずら》をするとは思っていなかった。不意打ちだ。

わたしが入れてくる、なんて言い出すと思ったら。

「お前な……つーか何これ？ コーヒーにお茶と炭酸混ぜたのか？ すげえ不味い……」

「ちゃんと飲みなよ？ 残すなんてもったいない。ただでさえ無銭飲食なのに」

「入れてきた奴《やつ》が言うかね……」

「冗談。ほら、わたしの分のお茶もあるから。がんばれー」

そう言ってグラスを渡してくる与那城。

思わずまじまじと顔を見つめてしまった僕に、彼女は唇を尖《とが》らせて。

「何？ ……だって、わたしが飲まなきゃひとり分の料金で済むでしょ。文句ある？」

「いや、まさか」僕は首を振り。「与那城らしいな、と思っただけだ。でもその言い訳は通らないから、お前も飲め。共犯にしてやる」

「うっさい……、何それ」

ふいと視線を逸《そ》らす与那城。僕はなんだか懐かしい気分を感じながら、美味《おい》しくもない悪魔合体ドリンクを無理やり一気に飲み干した。きっと、何かの罰ゲームなのだろう。

「それより。これからどうすんの、冬月《ふゆつき》？」

その問いに僕は、少しだけ考えてから。

「任せろ。――盛り上げるのは得意らしいからな」

備えつけのタンバリンを、いつかのように真顔で構えた。

与那城はしばらく、きょとんとした顔で僕を見つめていたが、

「何それ？　……ばかじゃないの」

そう言って、呆《あき》れた様子で破顔した。

6

――星の美しい夜だった。

星を見ること自体、とても久々なのだけれど。これまで見ないようにしてきたから。

けれど改めて暗い中、この七河《ななかわ》の丘から星を見てみれば、やはり美しいと感じることは否定できなかった。強く眩《まばゆ》く、鬱陶《うっとう》しくて腹が立つほど、空の星々は美しかった。

もうすぐ七夕になる。

この街から、こんなにも綺麗《きれい》な空が眺められると、いったい何人が知っているだろう。

なぜ誰も来ないのか不思議でならない。

僕のように星を嫌う人間は、どちらかと言えば少数派だと思うのだが。

「……、」

そろそろ日付が変わる。

もう数分もしないうちに灯火《とうか》も現れるだろう。なぜか、そんな確信があった。

夕方からこの丘の上にいる。何もせず時間を潰すのは嫌いじゃなかった。別に好きでもなかったが、暇な時間は義務に駆られている時間の次くらいには心が安らぐ。

正直なことを言うなら、ここからどう転ぶかなど僕はわからない。

自分でも答えが出せていなかった。

――星の涙を誰にも使わせないようにする。

あの日以来、ずっとそれだけを考えてきた。それ自体は、今も揺るがせるつもりはない。

都合のいい奇跡は人を幸せにはしない。

実際、灯火が自分を犠牲にして、流希《りゅうき》に成り代わるつもりでいるのなら、それを止めることに躊躇《ためら》いはない。動機より結果を重視するために、僕は冷たい人間を志した。

けれどもし。もし別の方法があるとするのなら。

僕は。

「――伊織《いおり》くん、せんぱい」

正面から声が聞こえて、僕は視線を空から戻した。

そんな妙な呼び方をする奴《やつ》はひとりしかいない。

「来たか、灯火」

「……上にいたなら、わたしが下から登ってくるの、見えてたんじゃないですか？」

それはない。僕はずっと空を見ていた。だから首を横に振る。

双原《ふたはら》灯火はまっすぐ僕を見つめた。

「悪い子なんですね、伊織くんせんぱい。こんな時間に、こんなところを出歩くなんて」

「夜だからな。悪いことなんて、お天道様が見てたらできないだろ」

「代わりに星が見てますよ？」

「いいんだよ。だって、星は悪い奴だから」

「そうですかね。お星様は、願いを叶《かな》えてくれるんですよ？」

「だからだろ。昔から、人の願いを叶えるとか嘯《うそぶ》くのは、天使じゃなくて悪魔のほうだ」

「……カッコつけたこと言うんですね」

苦笑する灯火に、僕も肩を竦《すく》めて。

「全部、お前の姉貴が小学生のときに言ってたことだ。文句は姉に言え、姉に」

「今度は酷《ひど》いことを言います。……もう、お姉ちゃんには、会えないのに」

言って灯火《とうか》は、空を見上げた。

雲ひとつない快晴。だけど太陽は地球の反対側で、だから空には星々だけ。

だからこそ灯火はその向こうに――いなくなってしまった誰かを想《おも》うのだろう。

「で？　なんで逃げたんだよ」

「それは……すみません。わたしのせいで、伊織《いおり》くんせんぱいにまでご迷惑をおかけしたと思ったら、なんか、あの場にいるのがつらくなっちゃいました」

「それまではかけてないとでも思ってたのかお前」

「うわ。ホント最悪です、せんぱい。そこはお世辞でも持ち上げるところでは？」

「……そうだな」僕は苦笑して頷《うなず》いた。「実際、お前には世話になった。お前がいなきゃ僕は今も、与那城《よなしろ》とはロクに話せないままだったと思う。そこは、礼を言っておく」

「へ？　……あ、うわ」

それが予想外の台詞《せりふ》だったのか、灯火はぽかんとアホっぽく口を開けた。

「ありがとな。そのことは本当に感謝してる」

「あ、……えと」

「全部、お前のお陰だ、灯火。ありがとう」

「や、やぁもう、やめてくださいよっ！　なんですか急に、キャラ変ですか？」

「キャラ作りまくってた奴《やつ》が言うな。差し引きプラスかなってだけの話だ。それはそれとして、マイナスはちゃんと別で計上するから。安心してくれ」

「あー、そういうとこブレないですよね、せんぱい。なんかホントに安心します」

「……本当にするとは思わなかった」

ふう、と息をつく。

それから深く吸って。

「なあ、灯火。ひとつだけ聞かせてくれ」

「……なんですか？」

「いや。そもそも最初から気になってはいたんだよ。……お前さ、灯火。本当は最初から、このままじゃ姉を生き返らせることはできないって知ってたんじゃないか？」

灯火はこのままでは、自分が流希《りゅうき》に成り代わるということを最初から理解していた。

僕の目の前で、かつての流希を思わせるように振る舞っていたのがその証拠だ。自分が流希として生きていくという前提を、灯火は最初から呑《の》み込《こ》んでいた。

けれど、それはおかしい。

「普通に考えればさ。やっぱ《生き返らせてほしい》って願いで、《じゃあお前のことをみんなが姉だと思います》はほとんど詐欺だろ。僕だったらその時点でやめてる」

「…………」

「だって、それじゃ生き返った――生き返ったことになった姉に、灯火自身は会うことができないんだから。亡くなった人を生き返らせたいのは、もう一回会いたいからだろ？」

少なくとも普通ならそうだ。

自分が犠牲になることで生き返る、なら、それでもギリギリわからなくはない。けれど自分が演じることで生き返ったことになるでは、話が違うと僕は思う。

それでも灯火《とうか》は、その願いに殉じようとしていた。

なぜだ。死者を生き返らせたいという願望は誰のものだ。通常ならそれは、願う当人のものでなければおかしい。だが灯火は永久に願望の成就を目にすることができない。

他者を通してしか。

――それは、裏を返すならば。

「お前は……お前の本当の願いは、姉を生き返らせることじゃない」

「そうです」

灯火は頷《うなず》いた。

あまりにも悲しい笑顔で。

「わたしの本当の願いは、お姉ちゃんに生き返ってほしい、じゃなかったんです。その逆だったんです。……わたしは、ただ――わたしが死ねばよかったと思っているだけです」

僕の表情はたぶん、歪《ゆが》んだと思う。

　感情を表に出さないことを自分に強制してきたのに、それでも耐え切れなかった。

　それほどに、聞きたくない言葉だった。

「お姉ちゃんじゃなくて、わたしが死ねばよかった。明るくて、いつも笑顔で、病気にも負けずにたくさんの友達を作って、ずっと生きたがっていたお姉ちゃんが生き残るべきだと思ったんです。暗くて、友達なんていなくて、いつもお姉ちゃんの後ろでうろちょろとしてるだけのわたしなんかより——お姉ちゃんが生き残るべきだったっ！」

「灯火、それは」

「わかってます！　わかって、ます……わかってるんですよ。わたしが言ってることが間違いだなんてことくらい、意味がないことくらいわたしだってわかってる！　だけど!!」

　首を振る。世界を、自分を取り巻く運命の全てを否定するみたいに。

　駄々《だだ》を捏《こ》ねる子どものように、悲痛な叫びを灯火が上げる。

「だけど、思っちゃうんだから仕方ないじゃないですか」

「…………」

「わたしだって死にたいわけじゃない。でも、みんなそう思ってるはずなんです。誰も、誰だって……お父さんもお母さんも、みんな……せんぱいでさえ！　わたしなんかよりもお姉ちゃんに生きててほしかったに決まってる！　——だってわたしがそうなんです！」

　それが、灯火の本当の願いだったのだ。

大好きな姉に生き返ってほしい。その感情は絶対に嘘《うそ》ではない。

けれど——それは罪悪感の裏返しでもあったのだろう。星は、それを知っていた。

姉に庇《かば》われて生き残ってしまった。だからだ。

灯火《とうか》は、姉に生き返ってほしいという自身の願い以上に、きっと誰もが自分よりも姉に生きていてほしかったであろうという、忖度《そんたく》された周りの願いを優先していた。

姉の友人であった僕も、灯火にそう思わせたひとつの要因かもしれない。

星の涙が、灯火を流希《りゅうき》に変えるという形で願いを発露させたのも、灯火が無意識の中に抱いていた罪悪感までをも読み取ったから。

彼女は自分を犠牲にしてでも、自分ではない周りの人間に、流希を返そうとしたのだ。

「わかってるんです、自分だって。バカなこと考えてるって」

わかっている。わかっていてなお祈ってしまうほどの願いに、説得なんて通じるはずがなかった。衝動に理性で返した時点で、僕も馬鹿だったということだ。

「本当は言われた通り、約束した通りに、この願いは捨てるつもりだったんです。それは嘘じゃありません。せんぱいを騙《だま》そうと思ったわけじゃ、ないんです」

「……わかってるよ、そんなこと」

理屈ではなく感情の問題だ。だとすれば僕は、灯火を責められなかった。

だから、僕は代わりに別のことを言う。

「そういえば。前から思ってたんだけど。なんで《伊織《いおり》くんせんぱい》なんだ？」

「え……？」

「僕の呼び方だよ。ウチに来たときからそう呼んでるだろ。あれ、わざとだよな？　ときどき普通に《せんぱい》って呼んでるし。なんでなのかなって。正解、教えてくれよ」

実はひとつ、こうではないかと思っていることがあるので、確かめておきたかった。

頼み込んだ僕に、灯火は少しばかり頬《ほお》を染め。

「教えてもいいですけど。あの、笑わないでくれますか？」

「任せろ。真顔で聞いてやる」

「いやあの、それはなんか違うんですが……」

むぅ、と唇を尖《とが》らせて。

それから灯火は、こう説明した。

「初めは、噛《か》んじゃっただけなんです。いえ、噛んだというか、誤魔化《ごまか》したというか」

「誤魔化し、ね。じゃ、最初は僕のこと《伊織くん》って呼ぼうとしたんだな、やっぱ」

かつて流希が僕を、そう呼んでいたからだ。

伊織くん、と。きっと灯火は、それを真似《まね》しようとした。

「でも、あの……やっぱりせんぱいはせんぱいなので。あの朝、せんぱいのお家《うち》に行ったとき《伊織くん》って呼んでから、やっぱ失礼かな？　とか思っちゃって……」

「で、慌てて《せんぱい》をつけ足したってわけだ。道理で微妙に間があったわけだよ」

「もう勢いでそういう呼び方にするしかない！　と思ったのです……」

「ったく……何かと思えば、そんなことかよ。くく……」

思っていた通りのしょうもない真相に、僕は思わず笑みを零《こぼ》す。

それを見て、灯火《とうか》はむっとしたように腕を下げて。

「ああっ！　笑わないって言ったのに……ってせんぱいが笑ってるっ!?　珍し!?」

僕だって笑うことくらいある。

それはたとえば、どうにも徹底しきれない、愛らしい後輩と話すときとか。

だから彼女に、この提案ができるのだ。

「……なあ、灯火」

「こ、……今度はなんですか」

「別にいいぞ」

「はい？」

「だから。僕を使って流希を生き返らせても、別にいいぞって言った」

「――――」

瞬間、灯火は完全に絶句した。

けれど本心だ。僕がいなくなるだけのことで、灯火が流希《りゅうき》とまた会えるなら構わない。

僕は本気でそんな馬鹿を思っていた。

「てか、このまま星の涙を使い続けてれば、いずれそうなるんじゃないか？」

僕という存在が、どんどん薄れていくことによって。

誰にも――最終的にはきっと、自分にすら認識されなくなって。

その先に待つのは、冬月伊織《ふゆつきいおり》というひとりの人間の消滅なのだろう。

「……せんぱい。笑えません」

灯火は言う。その様子は、怒っているように僕には見えた。

「でもさ。僕は確かに、星の涙には物理的な現象は起こせないって言ったけど。そいつは払う代償次第だとも今は思ってる。つまり、僕ってひとりの人間を対価に支払えば、命をひとつ引き換えにするなら――もしかしたら本当に流希が生き返るかも・し・れ・な・い・」

まあ、自分が流希と対等な人間だなんて、僕はまったく思えないけれど。

そこはお星様の思《おぼ》し召《め》すところ。人間如《ごと》きの命くらい、単純計算してくれるはずだ。

「……っ、ふ、ふざっ、ふざけないでくださいっ！」

灯火は吠《ほ》えた。

僕に向かってこれほどの怒りを見せるのは、きっと初めてのことだろう。

「ふざ……ば、ばかに、ばかにしないでくださいっ！　わたしが、わたしが本当にそんなことすると思ってるんですか!?　そんなことわたしは一度だって望んでないっ!!」

「……うん」

「なんで、なんで……っ！　なんで、そんなこと、言うんですかあ……っ！」

灯火《とうか》の目尻から涙がひと滴、零《こぼ》れ落ちた。

流れ星のように。灯火が、本気で怒っていることが僕にはわかった。

知っていた。

灯火がそういう女の子だって、僕はきちんと知っていた。そう断言できる。

だから僕は言うのだ。

「そっか。よかった。じゃあさっさと願いを止めて助けてくれ。あぶね死ぬかと思った。いやあ美談を話してよかったぜ、やれやれ。これで情に絆《ほだ》されたな灯火が、ははは」

「——はあ………？」

口を大きく開く灯火。面白い顔だ。

次第に、僕が何を言ったのかを理解して、灯火は真っ赤になって震え出す。

「い、いや……っ！　せんぱい、な、何言っ……！」

「いや。言っておくが僕は、お前が望むならそれでいいと本当に思ってた。嘘《うそ》じゃない」

「な——、」

「だってそれなら、お前は残る。流希《りゅうき》も生き返る。僕は割と、それなら僕が消えてもまあいいか、と思うくらいには刹那的らしい。でもお前が犠牲になるのは絶対に許せない」

「な、何……な」

「僕はな、灯火。――僕は、ほかの誰でもなく、お前に生きていてほしいんだよ。だって僕がこの一週間いっしょにいたのは、お前なんだ、灯火。それは絶対に流希じゃない」

「――――――――」

「わからないなら言い換えてやる。――僕は、流希よりもお前を選ぶよ、灯火。ほかの誰でもなく、僕はお前に生きていてほしい。お前のことが、僕は、割と好きなんだ。灯火」

「――――――――、ぁ」

ぽろり、と。

再び、灯火が涙を流した。

――それを教えてやることが、きっと僕のやるべきことだと思ったのだ。

だから本心を言った。それを出さないことを自分に任じてきた僕が、感情を口にするのは酷《ひど》く久し振りだ。けれど――そうしてもいいと思った。

僕は亡くなった流希より、今も生きている灯火を優先する。

だから灯火にも、僕のほうを優先しろと、そう言っているのだ。

「……っ、ずるい……ですっ！」

灯火が言う。ほとんどなにを言っているのかも聞き取れないような涙声だった。

「ずるい、せんぱいはずるい……ずるいです！　わたしが、わたしに……っ、できるわけないって知ってるくせに！　そんなこと言うのは、卑怯《ひきょう》……ですっ！」

「……かもな」

「お姉ちゃんに、生き返って……ひぐっ！　ほしかったのに！　そんなっ、そんなふうに言われて、せんぱいを犠牲になんて……わたし、できないのに……っ」

「そうだな。お前に、そんなことはできない。僕は知ってる」

小さく、よろめくような歩幅で、少しずつ灯火《とうか》がこちらにやって来る。

だから、僕も一歩を前に出た。

「わかってる。お前はなんにも悪くない。いいか、灯火。今のは僕が醜い命乞いをして、優しいお前が僕を助けてくれたっていう流れなんだ。お前は誰のことも裏切ってない」

「ばかあっ！」灯火はもう顔がぐちゃぐちゃになっていた。「そんなアホみたいな理屈でわたしを騙《だま》せると思ってるぅ……っ！」

「あれ？　僕が傷ついたが……」

「せんぱいがっ、せんぱっ、伊織《いおり》くんせんぱいが、こんなふうになって……わたし、もうどうしたらいいかっ、わからなくて……っ！　わたし、わかってたのに……せんぱいが、消えちゃいそうになってて！　でもっ！」

「……うん」

灯火が、僕のところまで辿《たど》り着《つ》いた。

その小さくて柔らかな体を、壊さないようにそっと抱《と》き留める。

「わたし、最低だ……お姉ちゃんのことを、いちばんに、考えたかったのに……っ」

「……そうだな。お前はそうしてた」

「でも、もうっ、せんぱいを犠牲になんて、できない。できないよぅ。お姉ちゃんより、伊織くんせんぱいをっ、ぅ——選んで、選んじゃった……っ。わたし、は……！」

「わかってる。お前は悪くない。僕が全部何もかも悪い。それでいいだろ？」

「よぐないでずばがあぁぁぁ……っ!!」

「ええめっちゃ鼻水……」

「びずうっ！」

「あ、うん。もういいや。……ごめんな」

胸の中で泣きじゃくる小さな体を、僕は抱き留めて背中をさする。

わかっている。そして、たぶんそれでよかった。

迷っていただろう。灯火はきっと僕を犠牲にできない。だけど僕なんかのために、姉を諦めることにも悩んでしまう。彼女はそういう、優しい少女だ。

だから、全部を僕のせいにしてほしかった。

僕がみっともなく、命乞いをしたから。優しい灯火は僕を助けるために、流希《りゅうき》を諦めるしかなかったのだ。そういう形を、せめて作ってやりたかった——見抜かれていたが。

彼女の罪悪感に理由を与える。僕にできるのは、その程度のことだったのだ。

——けれど確かに、それくらいにはは。自爆気質の小悪魔できない、幼馴染《おさななじ》みの妹が僕は好きだった。

「悪いな。……僕は冷たい男だからさ」

冷たい男だから、幼馴染みより自分の命を優先した。

そういうことでいいと思うのだ。

けれど、灯火《とうか》は顔を上げて、僕をまっすぐ見た。睨《にら》むように見つめて、彼女は言う。

「せんぱいの……いったいどこが、冷たいって言うんですか」

「え……」

「ほら。わたし、せんぱいに触れてます。こんなに近くで、せんぱいといます」

胸の中の少女が微笑《ほほえ》む。

寒がりの女の子が、僕に触れて、笑みを見せて。

「——こんなに、あったかいじゃないですか」

そのとき。僕の中に、何か、灯《とも》るものがあったように思う。

それはか細い火のような。弱々しく、けれど確かに熱を持つ心の揺らぎ。久しく知らぬ振りをしてきた、理性を越えて全霊を打ち震わせる確かな熱量だ。

灯火によって火を灯された感情。

――けれどそいつは一瞬で、僕の中から消えていく。融《と》けるみたいに薄れてなくなる。

僕は、そういう人間だ。今さら持ってはいけないものが絶対にある。

だけど。

「温かくなんてない。それは、お前が寒がりなだけだよ、灯火」

優秀な姉がいた。彼女のことを、たぶん妹は、心の底から大好きだった。

だって、僕だって彼女のことが大好きだったのだから。それだけは絶対に本当だ。

けれど僕は、そして妹も、彼女を諦めるという選択に至った。あるいはそれは、冷たい選択なのかもしれない。救えるはずのものを、見捨てる傲慢なのかもしれない。

けれど――僕らはお互いに、その選択を肯定する。

それができるなら、それでいいやと思うのだ。たぶん、そいつは理屈ではなくて。

「灯火。――その石を捨てよう。いや、返そうぜ」

僕は言った。

彼女は星の涙を、その胸に提げている。

「返す、ですか？　でも――」

「大丈夫だ。貸してくれ。空から貰《もら》ったもんは、丁重に空にお返ししよう」

灯火から星の涙を受け取る。

それを握り締めて、僕は真上を強く睨んだ。

「あ。まさか、せんぱい！」

灯火《とうか》も気づいた。それに軽く肩を竦《すく》め、

「こんなことに、意味があるのかなんてわかんないけどな！」

僕は叫ぶ。今日のこのときくらい、一度くらい、今まで秘めてきた熱を表に出そう。

「わかんないことだらけだ！　だけど、おい、星！　聞いてるか！　灯火に——俺に！　こんなもんは初めから必要ないんだ！　これからそっちに返すから、いいか！　しっかり受け取れよ！」

僕らは星に祈らない。何も与えられる必要はない。

そして、だからこそ何も奪わせないのだ。もしも願いがあるとすれば、それはひとつ。

これ以上はもう、何もするなということだけ。

熱を込める。これまで発散されることのなかった感情の全てを、ありたっけ拳に込めるみたいに。僕は彼方《かなた》の輝きを睨《にら》んで、星の涙を、思いっきりに振り被《かぶ》り。


「——空に、飛んでけ、おらあ——！」


全力で、夜空に向かってぶん投げた。

その瞬間、光が——僕の投げた星の涙から発せられた。

眩《まばゆ》い、目を潰すような輝き。下の街からはどのように見えるだろう。丘の上から、星の輝きが空へ空へと昇っていく――それは幻想的な光景だった。

――その日。ある街で空へと昇る流れ星が観測された。

逆さまの流れ星。地上から、元いた天へと昇っていく逆向きの星の涙。

僕と灯火は、その光景を丘から見ていた。この街の中で、最も宇宙と近い場所で。

いずれ語られる逆さ流れ星の伝説の意味を、僕と灯火だけが知っていた――。

# エピローグ

逆さ流れ星が空へと昇っていった翌日。

前日の疲労のせいだろうか、僕は久し振りに朝寝坊をかました。運動不足で走り回ったツケもあるが、それ以上に心が動きまくったせいだろう。久々に熟睡した気分である。

「……うお、やべっ」

ベッドから飛び起きた時点で、いつもならもう家を出ているくらいの時間だ。もう少し遅ければ開き直るところだったが、急げば間に合いそうなのが逆にこう、厄介だった。

身支度を整え、通学用の鞄《かばん》を五分ほど探し回って時間を無駄にして、そういえば教室に置きっ放しにしてきたんだと思い出してから自分を詰《なじ》り、朝食は諦めて玄関を飛び出す。

双原灯火《ふたはらとうか》は、そこで当たり前のように僕のことを待っていた。

「おはようございます、伊織《いおり》くんせんぱい。かわいい後輩がお迎えに上がりましたよ！」

いつか聞いたような朝の挨拶。いや朝の挨拶にしては高カロリーすぎるが。

——察してほしいこの恥ずかしさ。

昨夜の僕はどうかしていた。感情に任せた言動だけはするまいと禁じてきたのに、僕ときたら、なんとお空のお星様に話しかけていたのだからメルヘンが過ぎる。

「せんぱい？」

きょとんと首を傾《かし》げて、灯火は不思議そうに僕を見上げた。いろいろと言いたいことはある気がしたが、なぜだろう、それらを言葉に変えることに酷《ひど》い抵抗感がある。

少し迷ってから、僕は結局いつも通りに冷たく答えた。

「おはよう。時間もアレだし、今日は急ぐぞ」

「それだけですかっ⁉」

灯火はやっぱり、ボケよりツッコミのほうが輝くよなあ、とか思うなど。

「いや。来てるんならベル鳴らしてくれてよかったのに、ってのはあるけどな。僕は今日ちょっと寝坊したけど、インターフォンが鳴れば聞こえる体質だから」

「冷静かっ！」ビシリと右手を振り、ツッコミポーズの灯火。「相変わらず塩対応ですよね、伊織くんせんぱいはっ！　でも今のは『外で待ってなくてもいい』ってデレだということが最近わたしもわかってきましたのでっ！　噛《か》めば噛むほど味わい深いですっ」

「うん……もう、なんでもいいけど」

イカのおつまみか何かか、僕は。

歩き出す。僕が先に行けば灯火はついてくるのだ。それももう知っている。

いつもと違うのは、後ろをちょこちょこ追ってくる灯火が、やけに静かなことだろう。

僕も何を言ったものか、少しだけ迷う。

謝るのは絶対に違うだろうし、お礼を言うのもやっぱり違う気がする。

「……今日も来たんだな」

結局、口から零《こぼ》れてきたのはそんな言葉だった。

灯火《とうか》は笑う。どこか悪戯《いたずら》めいた表情で。

「それはもう！　だってわたしは、もうお姉ちゃんよりせんぱいを選んでしまったので」

「…………それは効くなあ」

まさか脅しのネタに使われるとは思っていなかった。

でもまあ確かに、この現状は僕の望みだ。

――星に願いなどかけずとも、手に入れることの叶《かな》った、ひとつの願い。

「嫌ですねー、別に恨み言とかじゃないですよ？　だって伊織《いおり》くんせんぱいも、わたしを選んでくれたんですもんねー？　これは後輩としてはもう、応えるしかありませんっ！」

「まあ、……そういう言い方をすればな」

「ですから！」

ぴっ、と灯火は指を立てて。それを、僕に突き立てる。

この宣言が、彼女の選んだ結果であるのだと、まるで僕に突きつけるかのように。

「せ、責任は、取ってもらいますっ！　……えと、な、なんかしらでっ！」

恥じらいながら告げる灯火。

だから、恥ずかしがるくらいなら言わなければいいのに。僕を見習ってほしい。

「いや……人聞きが悪すぎるでしょ、その表現」

「おっと否定しませんね！　てことはそれ、伊織くんせんぱい語ではオッケーって意味になりますよねっ！　わたしは結構、せんぱいのことわかるようになったんですからっ！」

そう言うと、灯火は僕を追い抜かすようにとてとて前に駆けていく。

そうして僕を振り返ると、両手を腰の後ろに回し、少し前屈《まえかが》みの上目遣いで。

「もう、おわかりとは思いますがっ！」

「……なんだよ？」

「わたしにとっては、せんぱいが、今いちばん大事なひとなんですよ？」

「――――」

え。あ、いや……そうか。そういうことになるのか、あれは。

いやでも、そいつはなんというか、流れあってのことと言うか――ええと。

混乱する僕。狼狽《うろた》えながら、なんと言ったものか言葉を探していると、灯火はくすりと微笑《ほほえ》んで、そして僕へとこう言うのだ。

「――だから、せんぱい。これからも、その……いっしょにいても、いいですか……？」

そんな問いにも、僕はまっすぐは答えない。その性格は今も変わらない。流宮《ながれみや》の氷点下男は、決して自分の感情を言葉にも行動にも表さないのだ。だから。

「なあ、灯火。――これ、やるよ」

「え……？」

僕は鞄《かばん》から、灯火《とうか》に渡そうと思っていたプレゼントを取り出す。それから言った。

「お前に、星の涙を捨てさせたからな。気休めでも、代わりに何か渡すべきかと思って。本当は昨日のうちに渡そうと思ってたんだが、まあ、……流れで忘れた」

「な、流れでって……いえ、いいですけど。プレゼント、用意してくれたんですか？」

こちらを見上げる灯火。その瞳の輝きが期待であることは、いくら僕でもわかる。

だが、そうハードルを上げられても困るというもの。姉の形見の代わりなんて、やはり僕では用意できない。

なんとかよさそうなものを、昨日のうちに小織《こおり》のところで見繕ってきた（とはいえ小織には僕が見えなかったので、勝手に選んでお金を置いてきた）のだが。自信はない。

「……これなんだが」

言って、僕は灯火にプレゼントを手渡した。

包装はされていない。灯火はそれを受け取ると、顔を赤らめて驚いたように。

「こ、……これって！」

手渡したのは革製の……なんだろう、たぶんブレスレットか何かだ。

アクセサリーには正直まったく詳しくないのだが、ペンダントと引き換えなのだから、その種類のものがいいと思って選んでみた。一応、灯火に似合うと考えたのだけど。

それを見つめながら、顔を耳まで真っ赤にして灯火は言う。

「ま、――また大胆なものを、その、選びましたねっ!?」

「そう、なのか？　すまん、そんな詳しくないんだ」

「あ、じゃあ、せんぱい。――これ、せんぱいがわたしにつけてくださいよ」

そう言って灯火は、僕が渡したプレゼントをこちらに返してくる。

僕はそれを、言われるがままに受け取った。

「あー……オーケーわかった。んじゃ、つけてやるから、手ぇ出してくれ」

僕は言う。

そんな僕の言葉を聞いて、くすり、となぜか灯火は悪戯《いたずら》っぽく笑って。

「やっぱり。そんなことだろうと思いましたけど」

「……何がだ？」

「違いますよ。これ、手につけるものじゃないんです。つけるのは、ここ――ですよ？」

そう言って彼女が指差したのは、自分の、なんと首の部分で。

――僕は自分が盛大にやらかしたことをようやく悟った。

これ――首輪だ。

間違っても男から女子に贈るものではない。そのくらいのことは僕でもわかった。

「いや、……悪かった。違うんだよ。間違った」

「いいですから！　早くっ！　——冷静に考えたらわたしも恥ずかしいんですからっ！」

「……じゃあ」

意を決する。ここは家のすぐ近くなのだ、ご近所さんに見られたら通報まである。

とはいえ自分で蒔《ま》いた種だ。パーフェクトに自爆であり、求められれば応えるほかない。

「……これでいいか？」

手を伸ばし、チョーカーを灯火《とうか》の首につける。

「ん……」

などと灯火が変な声を出すから、僕は一刻も早くこの場から逃れたくて仕方ない。

「できたぞ。ほら、目を開けろ。ていうかなぜ目を閉じた？」

「……えへへ。どうですか、伊織《いおり》くんせんぱい。似合ってますか？」

そう言って笑顔を作り、くるりとその場で一回転してみせる灯火。回る意味。

僕は、それにはもう答えない。

だからこちらもくるりと踵《きびす》を返して、

「行くぞ。——つーかお前、それ学校着く前には外しとけよ。没収されんぞ」

「もうっ！　せっかくいい雰囲気だったのに、なんでそういうこと言いますかねー！」

灯火が僕を追いかけてくる。

それがわかるから、それでいい。それ以上の言葉はきっと必要がない。

ない、とは思うのだが、それでも。

「似合ってるぞ」

「……へへ。これでわたしは、せんぱいのものですねっ！」

ほんの少しだけ、熱を込めた僕の言葉に。

灯火は初めて、小悪魔らしい言葉を返すのだった。

# あとがき

ラブコメっていうのは《人の心》なんですよ――とまあ一見して名言風の切り出しから入っていくわけですが、実際まあ恋愛という要素は広く見て人間関係のひとつ形態なわけですから、どうあっても心というものに触れていかなければならないわけです。が、その一方やはり人の心というものは決して綺麗《きれい》な側面だけではないわけでして、どうしようもなく愚かな行動をわかっていても選ばざるを得ないときがある。綺麗なものだけを選んで見続けることが果たして幸せか。そんな疑問から私はこの作品を書き、まあ嘘《うそ》ですが。

というわけで、虚無です（挨拶）。

ご無沙汰しております。あるいは初めまして。涼暮皐《すずくれこう》です。

さて、あとがきから先に読む派の方を考慮しまして、本作の内容についてちょっとだけご紹介させていただければと思います。ネタバレを考慮して、ふんわりと、ですが。

本作『今はまだ「幼馴染の妹」ですけど。』は、タイトルからもわかるであろう通り、非常にハートフルで心温まる人の心だらけのラブコメです。心ばかりの心です。

紙幅がなさすぎるので以上になりますが、読了後にはご納得いただけるかと存じます。本当はあとがき無限に書きたいんですが。その分、本編が長いですよ。――ではでは。

二〇二〇年睦月　涼暮皐

MF文庫J

# 今はまだ「幼馴染の妹」ですけど。
## せんぱい、ひとつお願いがあります


2020年1月25日 初版発行

著者 涼暮皐
発行者 三坂泰二
発行 株式会社 KADOKAWA
〒102-8177 東京都千代田区富士見2-13-3
0570-002-001(ナビダイヤル)

印刷 株式会社廣済堂
製本 株式会社廣済堂




Printed in Japan ISBN 978-4-04-064323-6 C0193





【ファンレター、作品のご感想をお待ちしています】
〒102-0071 東京都千代田区富士見2-13-12
株式会社KADOKAWA MF文庫J編集部気付「涼暮皐先生」係「あやみ先生」係